LES
OEVVRES

POETIQVES DE
CLAVDE TVRRIN
DIIONNOIS,

*Diuisé en six liures. Les deux premiers sont
d'Elegies amoureuses, & les autres de
Sonets, Chansons, Eclogues,
& Odes.*

A SA MAISTRESSE.

A PARIS,
Chez Iean de Bordeaux, au clos Bruneau,
à l'enseigne de l'Occasion.
1572.
AVEC PRIVILEGE DV ROY.

ΝΙΚΑ ΔΕ ΚΑΙ ΣΙΔΗΡΟΝ ΚΑΙ
ΠΥΡ ΚΑΛΗ ΤΙΣ ΟΥΣΑ.

CLAVDE TVRRIN,
DIIONNOIS A SA MAI-
STRESSE SALVT.

ADAMOISELLE il m'eſt
aduenu ce qui aduiét ſou-
uent à ceux qui voiagent
en mer. Leſquelz apres
auoir faiſt nauffrage ſont
contrains de tirer en vn
tableau le diſcours de leur
fortune pour mouuoir les hómes à pitié. Et
à les aider mandier le reſte de leur vie. Apres
que i'ay hurté aux eaues perilleux de voz bó-
nes graces ie me ſuis mis à deſigner au mieus
qu'il m'a eſté poſſible les vens, la tempeſte &
la greſle qui ont mis ma nauïre à fonds. Ce
ſont vne infinité de ſoupirs, de larmes & d'angoiſſes amoureuſes, dont mon ame a eſté
agitée par vn long eſpace de temps. Et toutesfois ie n'ay iamais eſperé que ce refrechiſ-
ſement de mes penſées me peult apporter

✳ ij

autre chofe qu'vn regret & à ceulx qui me li-
ront peult eſtre vne pitié qui me feruira de
peu, puis que ma perte n'a point de recouure
& que ma playe ne reçoit point de guerifon.
Ceſte ſeule occafion euſt peu diuertir vn
moins amoureux que moy de refufciter vne
flamme defia prefque amortie, & metrre en
euidence ce qui deuroit eſtre tenu caché.
Puifque la fin (ainſi qu'on dit) n'a eſté qu'vn
mecôtentemēt & qu'il ne m'en eſt riē reſté
qu'vne epaiſſe melécolie: mais ie vo⁹ diray cō
me les fantafies des hómes ſôt diuerfes. Auſ-
fi eſt-il aſſeuré que les moyens de ſe conduire
en amour ne ſont pas touſiouts ſemblables
en toutes perſonnes. Tel en aimāt ſe propofera vne fin qu'vn autre pl⁹ delicat trouuera
eſtrāge, ceſtui-cy ſuiura le ſtile vulgaire des
amoureux & n'apetera que la iouiſſāce. Ceſt
autre deguifera ſon affection à la mercuriali-
ſte, & cherchera ſes commoditez: vn autre
qui penfera auoir l'efprit plus habille que ſon
compagnon pour côceuoir les chofes grandes choifira vn ſuiet qu'il eſtimera eſtre propre à ſes complexions & ſans auoir egard aux
circonſtances qui deuroiēt du premier coup
arreſter ſon election paſſera neantmoins outre & ſe propofera vn bien. Auquel pource

qu'il eſt bõ de ſoy-meſme cõtre les affectiõs de ceux qui aimét vraiment doiuent tendre.

Or pource qu'il vient à propos de vous faire entendre quel eſt ce bien. Encores que ſouuentesfois ie vous en ay diſcouru en mes propos familiers, ie m'eſgareray vn peu ſil vous plaiſt & vous feray cõnoiſtre quel a eſté touſiours le but de ma chaſte volõté : vn grãd philoſophe, madamoiſelle, l'opinion duquel ie ſuis võlõtiers en ce que touche l'amour a eſtimé que noz ames eſtoient cõme vne delibation du ciel, ou cõme vn petit fragmant de tout l'vniuers qu'auant qu'aller deſcendant par air ſpheres en bas pour ſ'attacher en noſtre corps, comme dans l'eſcaille d'vne huiſtre elles ſe font initiees au miſtere de la diuinité. Tellement que ſous la cõduitte des planettes. Auſquelles elles ſ'eſtoient aſſuietties elles ont diligemment veu & remarqué le principe des choſes. L'exẽplaire des idées & de ce qui eſt, toutefois que pour ceſte inegalle alliance elles ne ſe ſouuiennent ou bien peu de ceſte premiere beauté. Ains qu'eſtant comme diſoit Heraclite, embrouillées & remplies de ce corps ainſi comme d'vne vapeur lourde & caligineuſe elles viennent difficilement à ſcintiller, & ſ'eſleuer en hault.

Mais que le moyen pour renouueller la memoire de ces choses spirituelles, est de choi-
sir la perspectiue d'vn beau corps & le mirouer d'vne belle ame qui nous puisse representer ceste premiere & plus elegante beauté. Voila madamoiselle en peu de parolles la
fin ou ie visois & veritablement pendant que
i'ay eu ce bien de participer aux accords de
vostre bel esprit, ie sentois couler par mes
yeux ie ne sçay quelle liqueur qui m'eschauf-
foit tellement l'ame imaginatiue qu'essayant
à rengluer mes æsles ie n'endurois moins de
douleurs qu'vn petit enfant priué de la pre-
sence de sa nourrisse. Pource que mon esprit
affriãdé de ceste nouuelle coguoissance vou-
loit à toute force abãdõner le corps & prédre
sa vollée pour recognoistre au vray la beauté
qu'il auoit decouuerte. Ce qu'il me sembloit
autant facile à faire que l'œil qui est la plus viue & subtile partie de tous noz sens, me cõ-
muniquoit aucunement ce que ie desirois,
& que illuminé des rayons de vostre beauté
apparente ie me mettrois en la pensée vne
autre plus vraye & singuliere beauté ny plus
ny moins qu'vn mirouer à l'obiet du soleil
prent vne double lumiere, & de sa reuerbera-
tiõ brusle ce qui luy est opposé. Tãt s'en faut

que i'aye occafió de me mecõtéter qu'au cõtraire ie ferois toufiours eftimé igrat, fi ie ne
recognoiffois q̃ tout ce q̃ i'ay peu apprédre
en cefte philofophie amoureufe a efté par vo
ftre feul moyé &pour fatisfaire à cefte obliga
tion ne vous cedois entierement que tout
ce qui eft voftre, & recongnoiftre publique
ment que tout ce que i'ay iamais peu en cefte maniere d'efcrire prouient du pouuoir
que l'amour vous auoit donné fur moy, &
que d'vn efprit fcabreux & farouche vous
auez fceu tirer vne plainte douce & nayuë,
Car tout ainfi que le foleil encores qu'il vm-
brage le corps de couleur pour eftre veu. Et
qu'il mette dans noz yeux ie ne fçay quelles
petites flameches qui engendrent la veuë.
Lefquelles toutesfois ne feroient pas pource
faire fuffifantes fi le foleil qui embelit & voit
toutes chofes ne nous illuftroit de fa clarté.
Ainfi encor que nous ayõs quelques fcintil-
les & legeres impreffions de ce beau. Si fe-
roit il impoffible de parfaitement le recon-
noiftre fi nous n'eftions guidez & efcoutez
de cefte congnoiffance par le benefice de
quelque autre obiet, que m'eft il refté. Vous
donc m'ayant feruy de guide il me femble

* iiij

madamoiſelle que ie ne pouuois faire autre-
mēt que vo⁹ les addreſſer & vous moins que
les receuoir côme vn gage de mon amitié, &
peut eſtre le premier & dernier fruit de mon
eſprit d'autant qu'eſtant eſloigné de voſtre
belle veuë ie ne puis aucunement viure &
qu'il me ſemble que la mort vueille preuenir
mes années. Ce dôt ie vous ſupplie treshum-
blement. Apres auoir prié Dieu qu'en ſanté
& proſperité il vous baille bonne & longue.
vie. De Dijon, Ce 20. Iuillet 1566.

SONET A MADAMOISELLE
DE SAILLANT.

Parmy tant de bouquets qu'on vous baille,
  Madame,
Si l'amour se pouuoit secrettement cacher
Au fond de quelque œillet & puis de la tacher,
Ainsi qu'vn petit flair d'êtrer dedãs vostre ame,
 Cependant que l'amour attiseroit sa flame
Et qu'il commanceroit peu à peu d'arracher,
La raison hors de vous, vous iries rechercher,
Cette honneste fureur qui les muses enflame
 On vous orroit allors plus doucement chanter
Vous voudriez en aimant pleurer & lamenter,
Et chantant imiter la plainte langoureuse,
 De la belle Saphon: mais ie ne voudrois pas,
Qu'vn desir incencé vous feit ietter en bas
Pour vous voir en amour côe elle malheureuse,

A ELLE MESME.

Ie n'ay pas merité qu'vn laurier on me donne,
Se ie pouuois gagner le myrthe tousiours vert,
Pour auoir bien chanté la beauté qui me pert,
Et la Belle prison ou l'amour m'émprisonne.
I'aurois beaucoup gagné d'auoir cette couronne
Et vraimant si celuy qui a le plus souffert,
Merite auoir le chef d'vne branche couuert,

I'ē suis digne sur tous & veus qu'ō me corōne,
Cōme vn grand chevalier fait seruice à son roy,
Et donne en combattant espreuue de sa foy,
I'ay fait ainsi seruant les beautez de madame,
Le plus seur argument que i'ay de ma valleur,
Cet que perdant l'espoir, ie n'ay perdu le cueur.
Et qu'ēcor on peut voir le coup q̄ i'ay dãs l'ame.

SONET DE MAVRICE PRI-
uey, à Damoyselle Iaquette Turrin sa cousi-
ne sur le liure de Claude Turrin son frere.

SI le regret yssu d'amitié fraternelle,
Te fait pour vn defunt encore sangloter,
De ton frere sçauant ie te vien presenter
Les chants gais & plaisans, gentile damoyselle.
Cependant qu'il viuoit amour de sa quadrelle,
L'ayant nauré au cœur luy fit ces vers chãter,
Mais la haineuse mort l'a chassé habiter
Les maisons, où croupit vne nuit eternelle.
Si n'a elle pas peu sous le marbre poly
Entomber le renom dont il est ennobly,
De sa vertu l'idée est en ton cler visage
Son cors reuit en toy, en ses vers son esprit,
Car quand possession du ciel luysant il prit
En terre il te laissa pour nous seruir de gage.

A MAVRICE PRIVEY
Secretaire de Monſieur des Arches,
Par François d'Amboiſe Pariſien.

SONET.

PRiuement ie diray P R I V E Y ſi tu m'ecoute',
Que le docte Turrin de ſa vie priué,
Vne autre double vie heureux il a trouué,
(Car s'il eſt mort ou vif il ne faut qu'ō en doute)
Les dieus viure le font ſous la celeſte voute,
Où ſur le chemin blanc il ſe voit eleué,
Il eſt hoſte du ciel d'etoilles d'or graué
L'arche du firmament de luy s'eiouit toute.
Toy viure tu le fais ne laiſſant pas perir.
Ses ecris où l'on voit ſon renom reflorir:
Tu as doncques aus dieus vne egalle puiſſance.
Car eux ils le font viure au ciel etincellant.
Et toy nous faiſant voir cet ouurage excellant,
Reuiure tu le fais dans le ſein de la France.
Muſis ſine tempore tempus,

D'AIMAR DV PERIER.
Gentilhomme Daulphinois.

SONET.

ESprits heureus qui dans l'ombreuſe plaine,
De mon Turrin voyez l'air & le port,
Las! comme aux bons la trop ingrate mort,
L'a prins bien ieune, & l'a fait voir à peine.

Dites (ainſi vous ſoit touſiours humaine
De Radamanth la ſentence & le ſort)
Ouiſtes vous onques ſur voſtre bord,
Des vers nombreux vne plus docte veine?
Autour de luy les poëtes en rond,
D'vn myrthe ſainct, enuironnent ſon front,
Et les mortels de ſa bouche dependent,
Le ciel encor de ſes graces donneur,
Eſt en ſoymeſme, enuieux de l'honneur,
Que les enfers, & la terre luy rendent.

RENVOY AVX CHAPEAVX
de laurier pour vn bouquet.

Monſieur Turrin ſi le iour de ma feſte
M'auez trempé vn bouquet odorant,
Au miel hyblé d'vn ſonet excellant,
Me ſouhaitant l'amour dedans la teſte.
Ie veus auſſi faire au Muſes requette,
Vous conſeruer ce laurier verdoiant,
Qui orne voſtre chef triumphant,
Comme guerdon d'vn illuſtre poëtte.
Deſia ie voy Apollon & ſa troppe,
Laiſſe pour vous leur mon à double couppe,
Vous couronnant par les mains des carites.
Et quant à moy ie deſire l'ardeur,
Qu'auoy Sapho non ſa folle fureur,
Mais ſon ſain feu pour chanter voz merites.

TABLE DES ELEGIES,
SONETS, CHANSONS,
Eclogues & Odes contenus
en ce Liure.

TABLE.

FIN.

EXTRAIT DV PRIVILEGE
DV ROY.

PAR grace & priuilege du Roy, est permis à Iean de
Bordeaux, Marchant libraire en l'vniuersité de Paris,
d'imprimer ou faire imprimer, mettre en vente & distribuer, vne ou plusieurs fois, vn Liure intitulé. *Les œu-*
ures Poëtiques de Claude Turrin Dijonnois, diuisé en six Liures,
les deux premiers sont d'Elegies amoureuses, & les autres de Sonets,
Chansons, Eclogues & Odes. Et faict deffense ledict seigneur
à tous Libraires, Imprimeurs, ou autres de non imprimer,
ou faire imprimer, vendre ne distribuer en ses pays, terres
& seigneuries, autres que ceux qu'aura imprimé, ou faict
imprimer ledict de Bordeaux, sur les peines contenuës es-
dictes lettres, & ce iusques au terme de huict ans, à com-
pter du iour & date qu'ils auront esté paracheuez d'imprimer, comme plus à plain est contenu és lettres paten-
tes, sur ce données à Paris le huictiesme iour de Ianuier.
1 5 7 2.

Par le Conseil.
Signé   De Courlay.

ELEGIES, SONNETS,
ET CHANSONS AMOVREV-
SES DE CLAVDE TVRRIN
Dijonnois.

ELEGIE PREMIERE.

ENCOR que le deſir, Maiſtreſſe,
 qui m'enflamme,
 Et qui conioint par l'œil mon ame
 dans voſtre ame,
Qui m'enfle les deux yeux, & qui deſia me fait
(Ayãt ſucé mon ſang) tout paſle & tout defait
Soit eſcrit ſur mon front, & que ie tiẽne encore
Aſſez à découuert le ſoin qui me deuore:
Ie vous vueil toutesfois decouurir mon tormẽt,
Et chantant mon ſoucy chercher allegement.
Ie reçoy grand plaiſir & mon mal ſe contente,
Quãd, louãt voẓ beautẽẓ, mes ãgoiſſes ie chãte.
Maiſtreſſe au beau ſourcy, que ie reçoy de bien,
Quand remirant voſtre œil, ie remire le mien!
Si ie me per en vous, mon eſprit ne ſouhaitte

A

Qu'à connoitre le vrai de la beauté perfaitte:
Aussi qui vous verra, il verra le portraict,
S'il fut iamais au ciel, du beau le plus perfaict.
Amour mit dedãs vo° ses beautés les pl⁹ belles
Amour me fit au cueur cēt blesseures mortelles.
Si tost que ie vous vei, l'an c'est deux fois tourné
Dés le iour que ie fu chez vous emprisonné.
Ie n'eu si tost receu le clin de vostre œillade
Mon frõt deuit terni: mõ cueur deuit malade:
Ie deuin tout pensif, & mon tainct pallissant
Montra tousiours depuis que i'alloy lãguissant
O couleur des amans, couleur de violette,
Tu fus le premier feu de ma peine segrette,
Et le premier espoir, qui mes peines souctint
Ce fut le sort heureux de ta chance quivint.
O gentile Venus. Toutesfois l'esperance
N'a iamais respondu au hazard de la chance.
I'entretin vn long tems, mon penser au dedans,
Ainçois dedãs mõ cueur mille brasiers ardans
Qui forçent ma poitrine, aussi que la vipere.
Point (pour sortir dehors) le ventre de sa mere.
A, a cruels pensers pour me presser trop fort,
Vous auez appresté la cause de ma mort.
Tousiours vo° me suyuez, & quãd la nuit s'apste
Pour me bailler repos, vous logez en ma teste.
Il ne vous suffit pas pensers, que tout le iour
Vous monstrez à l'esprit le vain de son amour:

Encor l'estonnez vous pendant la nuict obscure
Des simulachres faux qu'enseigne l'Epicure
Helas pour vous fuir bien loin ie m'egaré:
Et toutefois mon mal ne fut onq asseuré, (tresse
Tousiours vous me suyuez: & voz beautés mai-
Empraintes dãs mõ cœur m'acõpagnoiëtsãs cesse
Bien que ie fusse absent, souuent ie vous voyoy,
Et pour n'estre dans moy dedans vous ie viuoy,
Si iadmiroy le fil de quelque belle image,
Ie le raffiguroy à vostre beau visage.
Le printẽs me mõstroit l'hõneur de vos beautés
Et l'Autonne cruel vos douces cruautés.
Bref, par tout ou i'alloy mon ame mal certaine
Fantastiquoit à l'œil vn obiet de sa peine.
    Vous deuintes malade, & ie senti alors.
Bien que ie fusse loin, vn tel mal dans le corps,
Ie fei vœu à Phœbus: Phœbus à ma priere
Fit alonger le fil de la Parque meurtriere.
O Phœbus Apollon, tu nous sauuas tous deux.
Tu prens tousiours pitié des poures amoureux.
Aussi ie supportoy cette facheuse absence,
Ore auecque l'espoir, ore sans l'sperance,
Maintenãt que ie vien, maitresse, pour võ voir
Maitresse, en vous voyãt ie n'ay que desespoir:
Et toutesfois ie sen de iour en iour accroistre,
Cette plaisãte ardeur que l'on ne peut cognoistre
Ie sen vn feu caché qui s'allume du tout:

                                    A ij

Desia le front me sue, & la veine me boult,
Helas secourez moy, ou ma face changée
Fera comme Narcis' vne fleur orangée.

Depuis que sous l'amour mes bras furent liés,
Que i'eu le fer au col, & les chaines aux piés:
Qu'amour eut abaissé mon audace domtée,
Et que ma liberté par vous me fut ostec,
Ie n'eu onque plaisir qu'à repenser comment,
Ie pourroy par la mort acheuer mon torment.
Heureus disoy' i'en moy qui d'une mort heureuse
Peut alanter l'accez de sa fieure amoureuse!
Ie meur pour vo⁹, maitresse, et si ie m'ë deuls,
Pource que le meurtrier est l'vn de voz beaux
　　yeux.

Desia dessus le front ie porte la mort mesme:
I'ay les yeux enfoncez, & le visage blesme,
Tout le corps me roidit: celuy qui me verra,
Dira dedans trois iours, ce ieune hôme mourra.

　. Ou soit que le soleil nous monstre sa lumiere,
Que vesper soit au ciel, ou l'aube matiniere,
Ie suis morne & songeard, & le iour & la nuit,
Amour à mon costé me fait vn petit bruit:
S'apres vn long trauail en pleurãt ie sommeille,
Amour m'ouure les yeux, & le pëser m'esueille:
Tellemët que la nuit qui charme noz douleurs.
M'enfante des sanglos & m'enfante des pleurs.
Ne say quel petit feu me court dessous l'eschine,

Le soucy m'epointelle & l'amour m'egratigne.
Amour, cruel amour, plus ie cuide estre franc,
Et plus en te iouant tu me tires au blanc.
Aussi tost qu'en la mer les estoilles se baignent,
Aussi tost hors du lict les pensers m'acompagnēt.
Le bō iour que ie pren, c'est qu'en larmes ie fods,
Et que ie mets dehors mille sanglots profonds.
Si ie pense vaquer à quelque bon affaire,
Debauché de l'Amour, ie ne le sauroy faire,
I'estoy de la vertu n'aguere studieux
Et maintenant ie suis éperdu de deux yeux:
Chacun me monstre au doigt, & pour la renōmee
Sans m'en pouoir garder i'embrasse vne fumee.
Ie mange peu ou rien: l'air qui vient & reuient,
Et le penser en vous seulement me soustient:
Mais ie suis asseure que la flāme cachee
Consumera bien tost ma moelle desechee
Bien tost ie fletriray vaincu de la douleur,
Comme vn œillet fletrit au temps de la chaleur.
Si ie ne meur ainsi ma poitrine faucee
Deuancera bien tost l'humeur de ma pensée.
Ie me donrai la mort: car mon desir est tel,
Que ie ne puis loger vn hoste si cruel:
Puis quand i'aurai mis fin à mon emprise folle,
Ie mettrai dans voz yeux l'obiet de mon idole.
Ie vous suiurai tousiours, & courant pas à pas,
Ie vous ramenteurai le iour de mon trepas,

A iÿ

Ie vous diray tout bas, dame que i'ay suiuie,
Plus chere que mes yeux, plus chere que ma vie,
Ne vous estonez pas, ie suis encor celuy (d'huy
Qui vous aimoit n'agueres, & vo⁹ aime auiour-
Ie pensoy' par la mort ma tristesse contraindre,
Mais en mourãt pour vo° la mort ne seut eteïdre
Mon trop d'affection, & l'obly ne seut onq
Effacer le desir qui me bruloit adonq.
I'aime autant le fin or de vostre tresse blonde,
Que i'aimoy vos beaux yeux quand i'estoy en ce
    monde.
Ie vous honnore & prise, & ne suis moins espris
De voz perfections qu'au iour que ie fu pris.
Ce seuere Platon, qui aux ombres, commande,
Aeac, & Rhadamant, mont chassé de leur bande.
Ils tiennent ma semblance, & pour punition,
Ils m'ont mis au dedans la mesme affection,
Que i'auoy en viuant ie vous pry' de ne faire,
Qu'ecor à ceux d'ẽbas vostre amour soit cõtraire
Si ie pouuoy, mourir, volontiers ie mourrois,
Mais mourant ie ne puis trepasser qu'vne fois.
Ie vous diray ainsi la fraieur, & la crainte,
Rendra de blanc & bleu vostre face depeinte:
Vous ferez vn soupir & peut estre qu'alors,
Vous aurez en pitié la memoire des mors.
    Voila cõment il faut que mõ bien ie pourchasse
    Si la necessité permet que ie trepasse,

I'aurai mon paiement: ie ne vueil receuoir.
Deformais dans mon cueur sinon le defespoir,
Maitresse il ne faut pas q̃ pl° haut ie m'aduãce:
Mon malheur ne permet d'y loger l'esperance,
Et bien que vous feignez de me porter autant
D'amour q̃ ie vo° fay, vo° ne m'aimez pourtãt:
Ou bien si vo° m'aimez, vostre amour n'est pas
    vraye,
D'autãt quelle ne promet vn remede à ma plaie.

ELEGIE. 2.

Qvãd assis pres de vo° ie vo° cõte maitresse
  Cest epineux soucy, q̃ iamais ne me laisse
Que ie vay discourant de mes affections
Vous me dittes qu'il fault couurir mes passions
De quelque beau sẽblant, & qu'il fault q̃ ie celle
D'vn art italien l'amour qui me martelle.
  Maitresse il est biẽ vrai: l'amoureux est discret
Qui sagemeut s'alume, & demeure secret:
Mais ie ne le suis pas, quand mon ame chetiue
Conçoit de iour en iour, vne flamme plus viue
Que celle du vesuue, & que le feu caché,
Que i'ay dans l'estomach ma presque desseché.
  Celuy qui n'est blesse guere auant dedans l'ame
Peut bien dissimuler son amoureuse flamme.
Il peut celer son mal: mais celuy ne le peut
Qui est hors de soymesme, & ne fait ce qu'il veut.
S'amour vous auoit fait quelque petite plaie.

Si en aimant quelcun le malheur que i'essaie,
Vous eussiez essaié maugré vostre rigueur,
Vous suiuriez l'appetit, qui seroit le vainqueur.
Encor que vous soyez & discrete & bien sage,
On verroit vostre mal escrit sur le visage,
Chacun le connoitroit, & l'amoureux soucy
Vous transiroit le cueur, comme il me l'a transy.
Mais d'autant qu'en amour vous estes asseuree,
Ie sen pour voz beautez ma raison alteree,
Autāt qu'ē mō endroit vostre cœur deuiēt froid,
Ie sen de iour en iour que ma peine s'accroit.
Maitresse croiez moy pour vo° aimer ie brusle
Comme la pyralide, ou comme fit Hercule
Sur le mont Otæan, las ! pour auoir aimé
Bien tost dedans mon feu ie serai consumé.
Tout le mal qu'enduroit la docte Lesbienne,
Ie l'endure & le sen, sa fureur est la mienne.
Comme elle languissoit aupres de son amy,
Ie meur en vous voiant, & ne suis qu'à demy.

    Celuy, Belle maitresse, egal aux dieux me sēble,
Qui assis pres de vous vis à vis vous cōtemple,
Qui vous oit deuiser, si tost que ie vous voy,
Mon esprit se derobbe, & s'enfuit hors de moy.
Mon propos s'entre-romt, & ma langue inutile
Ne peut sonner vn mot : vne flamme subtile
Me court dessous les os, pour vn ris gracieux
Ie suis priué du sens, & priué de mes yeux,

Parmi vne sueur qui coule froide & lente,
Ie deuien tout poureus, & l'oreille me chante.
Bref, mourant à tous coups, côme vn lis renuersé
Sans force & sans esprit ie semble vn trespassé.
    Et puis vo⁹ demâdez quelle mouche me pique,
Et qui me fait ainsi viure melancolique?
C'est vostre seul amour, qui à peu de rechef,
Mettre en déspit de moy les piés dessus mon chef
Si tost que ma raison fut par vous asseruie
Ie perdis aussi tost les plaisirs de ma vie.
Ie perdis mon esprit: de gaillard que i'estois
Ie deuins aussi lourd qu'vne image de bois:
Ie n'ay pl⁹ riē de vif qu'vn cœur qui se demaine,
Et que l'œil qui reçoit vostre semblance vaine
Pour la mander au cueur, mon ame vit dehors,
Et i'ay desia perclus tout le reste du corps.
    Helas ne pēsez pas que l'Amour que i'endure
Soit comme le commun, il est d'autre nature.
Il est plus vehement, la chaleur que ie sens
Pour vostre bel obiect, ma fait perdre le sens.
I'ay le sang chaut & promt, & mon ame facile
Conçoit en vn moment vostre idole gentille,
Et puis incontinant mille atomes diuers,
Errans deuāt mes yeux, saccrochent de trauers
Pour vous representer, sitost que i'imagine
I'en fay vn beau dessein au fód de ma poictrine
    Iadis d'vn tel despit Hercule l'incensé.

Et Polyſeme auoit le cueur outreperce,
L'vn pour vn bel enfant auoit l'ame domtée,
Et l'autre forcenoit pour vne balatée,
Belle maitreſſe helas, ie deuien furieux,
Eniuré de l'amour que verſent voz beaux yeux!

Or ce pēdāt que i'ay quelque peu de memoire,
Ie vôus veux, ſ'il vo° plait, racōter vne hiſtoire
D'vn miſerable amant, peut eſtre ce diſcours
Vous dira mieux que moi la fin de mes amours.

L'AMOVREVX DE THEOCRITE

Vn ieune enfant aimoit vne tendre pucelle,
Gratieuſe en maintien, mais plus fiere & cruelle
Qu'vn eſcueil de la mer : ſa nature n'eſtoit
Semblable à la douceur que ſon œil promettoit,
Et plus l'autre l'aimoit & plus elle eſtoit fiere,
Iamais il ne luy prit pitié de ſa miſere,
Touſiours elle fuioit l'amour, & ne ſauoit
Quel eſtoit ce grand Dieu, quelle force il auoit
Quand il lune ſon arc, & quand depit il iette
Au milieu de noz cueurs vne amere ſagette:
Ains par tout elle eſtoit en parler & maintien,
Farouche à ſon amant: ce pouret n'auoit rien
Qui ſoulageaſt ſon mal, non pas vne parolle,
Non pas vn cleiu de l'œil n'vn baiſer qui conſole
L'amant paſſionné. S'elle le regardoit,

C'eſtoit d'vn mauuais œil, ſa face reſpondoit
A ſon mechant vouloir, & ſa colere promte
Luy montroit bien ſouuët qu'elle n'en tenoit côte
Et toutesfois iamais pour ceſte cruauté
Ce ieune enfant ne fut contre elle depité,
A la fin il pleura. & couché ſur la porte
En la baiſant trois fois, il luy dit en la ſorte

 O cruelle maiſtreſſe, o fille d'vn rocher,
Ie te fai vn preſent qui te ſera bien cher.
Tien, reçoi le cordeau qui finira ma vie,
Ie n'iray plus vers toi te donner facheries
ie n'y retourray plus : ains depit ie m'en vois,
Ou tu as arreſté, cruelle, que i'irois.

 On dit que l'amoureux laiſſé de l'eſperance
Doit deualler la bas pour chercher l'oubliance,
Qui guerira ſon mal, i'iray, mais ie ne ſay
Si l'oubli guerira le grand deſir que i'ay.
Adieu maiſtreſſe adieu. La roſe epanouie
Eſt belle en ſon eſté, mais elle vient ternie
La paſle violette eſt belle en ſon printemps,
Et la blancheur du lis ne dure pas long tems,
La neige eſt blâche auſſi, mais ſoudaï on la foulle
Ou le ſoleil la fond & puis elle s'ecoule :
Il fait bon voir à l'œil, cruelle, ta beauté.
Mais iamais la beauté ne dure qu'vn eſté,
Tu auras quelque iour la poitrine enflammée,
Tu aimeras quelcun & ne ſeras aimée.

Aumoins fai moy ce bien, (s'affes digne ie fuis
D'auoir cefte faueur) quand fortant de ton huis
Tu me verras pĕdu, viĕ pour faire tes plaintes,
Et mouiller mŏ cercueil de q̃lques larmes feĩtes.
Defpan moy f il te plait : mets tes robbes autour:
Et pour auoir le fruit dernier de mon amour.
Donne moy vn baifer, ne fois point à malaife
Ie ne reuiuray pas encor, que tu me baife,
Dreffe moy vn tombeau, & puis dy, fi tu veux,
Ie per en te perdant vn fidelle amoureux.
Metz y ces vers encor, fi par cy tu t'adreffe.
Paffant dy que i'auoy vne fiere Maitreffe.

Il parla tout ainfi, & trainant vn caillou
Pour l'efleuer tout droit, pl° haut que le verrou
De l'huis de fa maitreffe, il pend vne cordelle,
Puis repouffant du pié le bout de l'efcabelle.
Luymefme fe pendit, la maitreffe l'a veu,
Et iamais de pitié fon cueur ne fut emeu.
O miferable enfant ! o poure recompance !
Iamais on ne la vit changer de contenance,
Iamais ell' ne pleura le cas de fon amant,
Et ne fit pour le voir vu foupir feulement.
Ains plus beau que deuant le bal elle demăde
Elle vient de ce pas, pour faire fon offrande
Au piés de Cupidon, qu'elle auoit offencé.
Ce Cupidon eftoit fur vn Terme dreffé,
Tout au pl° pres de l'eau, auffi toft qu'il la veхe.

Il luy vient au deuant, & luy mesme la tue.
Le sang vermeil coula, pendant qu'elle mouroit.
Vn semblable propos sa langue murmuroit,
Mes compaignes adieu: Ie pers ores la vie
Pour auoir dedaigné celuy qui ma seruie.
Aimez dõc s'il vous plait ceux qui vo° aymerõt,
Ou les dieux dessus vous les vangeances feront.

Ainsi elle parla: Son esprit qui s'enuole
Faillit incontinent auecque sa parolle.

Helas! si ie me meurs, ce ne sera par vous.
Maistresse vous auez le visage bien doux
Vous faites cas de moy, & mon peu de merite,
Ne vous rendit iamais encontre moy depite.
Ie ne doy pas mourir pour estre mal traité.
Ie n'ay veu dans voz yeux vn brin de cruauté.
Ie mourrai seulemẽt quãd le ciel m'est cõtraire
Et quãd de vostre amour ie ne me puis desfaire,
Qui glisse dans mes os. Et qui me fait auoir
Pour me desesperer vn malheureux espoir.

ELEGIE 3.

PVis que mõ mal ne peut si lõguemẽt attẽdre
Maitresse ie vous pry par pitié de m'ẽtẽdre,
Escoutez mes raisons, peut estre vous aurez
Pitié de ma langueur quand vous m'escouterez.
Vo° sauez dés lõg tẽps, quel amour ie vo° porte,

Las vous sauez comment ma raison se trãsporte,
Pour auoir trop auant dans le cueur imprimé,
& vostre beau visage, & vostre nom aimé.
Chacun le connoit bien, ie n'ay muscle ny veine,
Qui n'ait de vostre amour vne image certaine.
I'ay autant de tyrans comme voz yeux me font
Porter & iour & nuit de pensers sur le front:
L'vn me vient pardeuãt, & l'autre par derriere
L'vn me fait esperer, & l'autre me despere,
L'vn saccage mon cueur, & l'autre ma raison:
Et l'autre est à son tour iolier de ma prison.

Miserable actæon tes leuriers te desirent:
Las pour auoir trop veu mes pẽsees me dechirẽt
Tu fus iusqu'à la mort poursuiuy de tes chiens,
Qui ne te connoissoient, & ie le sai des miens,
Qui me cõnoissẽt biẽ. Tu mouras en vne heure,
Mon malheureux destin ne permet q̃ ie meure,

Vous fustes la Diane, amour fut le chasseur,
Qui vint auec vous pour surprẽdre mon cueur
Le fillet qui me prit, c'est la tresse crepue
Devoz cheueux dores, le meurtrier qui me tue,
C'est l'vn de uoz beaux yeus, l'arc d'ebene noircy
Qui se bande sur moy, c'est vostre beau sourcy.

Aussi depuis deux ans vous me tenez enserre,
Et toutesfois vostre œil, maistresse, qui m'ẽferre,
Ne me veut pas tuer, il vaudroit beaucoup mieus
M'acheuer tout d'vn coup, que viure lãgoureus

Il ne faut en aymant s'aider de la feintiſe.
Celuy qui n'aime point, & plus il ſe deguiſe
Et mieux on le connoit. L'amoureux arreſté
Doit decouurir ſon cueur, & dire verité.
Voulez vous ſans flatter que ie le vous confeſſe,
Quãd ie ſuis pres de vo°, vous me faites careſſe,
Vous me ſerrez les doits & toutesfois ie crains,
Qu'aupres de vos glaços mes deſirs ne ſoũt vaïs
La moitié de ma vie eſt preſque dependue,
Ce peu qui reſte encor depend de voſtre veue
Il depend de voz yeux: en gueriſſant mon mal
Aux dieux ſi vous voulez vous me ferez eſgal:
Sinon en prononçant l'arreſt de ma ſentence,
Ie ſuiurai de peu pres ce que voſtre cueur penſe,
Ie viuray malheureux, ou quand ie ne pourrai
Supporter mon malheur, en aimant ie mourrai,
I'iray ſur le ſommet d'vne roche ſauuage,
Ie ferai les Daimons temoins de voſtre outrage,
Et puis i'eſſayeray d'vn plain ſaut elancé,
D'oſter le ſouuenir de mon malheur paſſé.
Dites moy s'il vous plait, cõment ſe peut il faire,
Que vo° offenſiez ceux qui vo° veulẽt cõplaire,
Si vous me vouliez croire, & ſuyure mon cõſeil,
Vous n'aurieʒ deſormais, maitreſſe qu'vn ſoleil
Si quelcun chatouillé ainſi que moy uous loue
Les roſes & les lis qui vous paignent la ioue
Il ne faut pas pourtant, blamer le ſeruiteur:

Lequel premierement aimoit de tout son cueur.

   Aimez maitresse aimez, pour estre côtr'-aimée

Si vous faites ainsi, vous serez estimée,

Par tout ou vous irez, & iamais en aymant

La mere des amours, ne vous donra tormant.

   Or ce n'est pas cela: ie say qui vous retire

De me bailler le fruit qu'vn amoureux desire,

Quãd il aime en bon lieu, c'est q̃ ie ne suis rien,

Et le bien seulement empesche tout mon bien.

Or sus, quel que ie soy', ie ne veuil rendre conte:

Baste qu'on ne doit pas si peu tenir à conte

L'honneur que ie vous fai, & que digne ie suis

De receuoir vn iour le bien que ie poursuis:

Si lon veut mesurer tant de graces diuines,

Qui reluisent en vous, les hômes ne sont dignes

De pretendre si haut, pour seruir en mon lieu

Il faudroit appeller la puissance d'vn Dieu,

Il faudroit qu'icy bas Iuppiter descendisse

Aigle, Cygne, Taureau pour vous faire seruice.

On n'auroit seulemët pour vous le sens troublé,

Pour voir vne deesse on seroit aueuglé.

Mais si en vostre amour l'auarice commande,

Si pour estre plus riche, ou pour estre plus grãde

Vous pẽsez m'estôner, vous me faites grãd tort.

Ce n'est pour voz grãdeurs que i'ẽdure la mort,

Ce n'est pas pour les biẽs, ny pour vostre richesse

C'est pour vostre vertu, c'est pour ma côtentesse.

                            Si le

Si le bien seulement me faisoit amoureux,
Ie n'iroy pas vers vous pour estre plus heureux.

A si poure desir mon penser ne s'arreste.
I'ai le cueur echaufé d'vn desir plus honeste,
Ie vise bien plus hault, & ie ne voudroy pas
Languir pour vostre bien duquel ie ne fai cas.
Me prise qui voudra & mes vers & ma rime,
Maitresse, la vertu ne reçoit point destime,
Elle n'a point de prix. Tel me donne sa loy,
Et fait du sufisant qui n'est rien plus que moy.
Mais il ne m'è chaut pas: car ie ne vueil cõplaire
A ce mõstre ignorant qu'on nõme le vulgaire.
Malheureux celui-la qui laisse la vertu,
Pour suiure le sentier de ce monstre testu.

I'aime la liberté, & pour chasser le vice,
Ie repai' mon esprit d'vn gentil exercice,
Au lieu d'estre amoureux des chartes & des dés
I'escri' sur mon papier, les nombres accordés
Que me donne Phœbus, souuent la poesie
Quãd uoz yeux m'õt fait mal guerir ma fãtasie
Ce n'est pas peu de cas. Certes l'homme mal-né,
Au mestier des neuf seurs n'est iamais adonné
Ains ceux la q̃ les dieux des lõg tẽs ont en haine,
Sont aussi les haineux de ceste douce peine.
Toutesfois peu souuent cette quinte me vient,
Quãd pour vo⁹ ie soupire, ou quãd il me souuiẽt
Du mal que i'ay pour vo°. Ie me mets à escrire,

La cause & le motif de mon plaisant martyre,
Ie descri' voz beautés, voz beautés me seront
Les mistiques lauriers qui parler me feront.
Ne pensez pas portant si des vers ie compose,
Que ie soy inutile, & ne face autre chose.
I'en seroy' bien fache: ie say bien le moyen
Comme les autres font, de m'acquerir du bien.
Ie scay bien refuter le poinct de l'aduersaire,
Ie ferai biẽ tousiours ce qu'vn autre peut faire.
Rien ne me sembla onq', Maitrsse, malaisé,
Que vostre seul amour qui me tient abusé,
Qui me foule à ses piés, & qui me fait abatre
Le fort de ma raison, qui ne le sait combatre.
Et plus d'empeschemens s'oposent à l'enuy,
Pour rompre mes desseins, & puis ie suis rauy
En mes affections, le malheur, l'inconstance
Ne sauroit rien oster de ma perceuerance.
Et plus on vous fera changer de volonté
Et plus l'affection croistra de mon costé.
Ie suis comme vn rocher au fonds de la marine,
Et plus il est battu de la vague mutine,
Et plus il se soutient. quand le malheur viendra
Pour m'atterrer à bas, la foy me soutiendra.
Ie n'attend rien de vous, & deia ie m'asseure
Qu'vn autre aura le biẽ d'oster vostre ceïture,
Quelcũ prendra le fruit de vostre beau printẽs,
Ie scay qu'en lieu d'anoir le bien que ie pretens,

Ie demeurai chetif, mais il ne m'en chaut guere,
D'autant qu'il auiendra ainſi que ie l'eſpere.
Maitreſſe, en vous ſeruãt le biẽ que i'attẽdois,
C'eſt de mourir pour vous, & deſia ie m'en vois
Là bas vers Acheron. MetteZ cette eſcriture,
Si vous me venez voir deſſus ma ſepulture.

Celuy qui giſt ici, pour ne languir ſouuent,
Pour ne viure en ſa mort, & mourir en viuant,
Pour cõplaire à ſa Dame, & pour eſtre deliure
Aima mieux trepaſſer que mourir & reuiure.

ELEGIE 4.

NEveux tu plus auoir l'ame brulée,
Pource Turrin, d'vne flamme celée,
Va t'en dit on & t'egare bien loin
De l'œil aimé qui te baille tel ſoin.
VoieZ que c'eſt maintenant ie vous laiſſe,
Ie fuis bien loin de voſtre œil qui me bleſſe:
Et toutesfois touſiours voſtre rigueur,
Et voſtre amour me dechire le cueur.
Encor vn coup ie vous fui à ceſte heure,
Et toutesfois, ma Maitreſſe, ie meure,
Si ie ne di, & puis dire touſiours,
Que ie nourri mes premieres amours.
Soit qu'en vn bois ie viue ſolitaire
Le bois ſera de mon mal ſecretaire.

Soit qu'au iardin ie contemple l'email
Les fleurs seront la cause de mon mal.
Ie voy ici l'hiacinth, le Narcisse,
icy la fleur que venus eternise:
Mais si les prez me plaisent à leur tour,
Dieu, que ie suis eperdu de l'amour!
icy la Nymfe il me semble que i'oye,
icy le Dieu qui enléue sa proye.
Si ie me per à suiure les ruisseaux,
Deia ie songe aux pucelles des eaux:
Si ie me per sur la vague profonde,
ie sen les dieus alterés dedans l'onde,
Veu-ie grimper au feste d'vn rocher,
Gentil, amour tu me viens rechercher.
Veu-ie arrester maintenant à la ville,
Ie sen mon mal renaistre plus fertile.
Si quelque dame exellente ie voy,
Mon œil soudain me cause quelque esmoy.
Si son parler quelque attainte me donne,
Soudain ie songe à ma belle Dionne,
Ie sen alors pour trop me souuenir,
Mes yeux s'enfler & ma face ternir.

    Voila comment bien que loin ie m'absente,
Tousiours au vif amour se represente.
Voila comment ie me separe en vain,
Puis que l'amour me guide par la main.

C'est trop se laméter, mes yeux, il ne faut pl°
Chercher le bien dont vous estes forclus.
C'est trop se lamenter, il faut ore que l'ame
Sans vous mes yeux, fantastique madame.
A bien-heureux péser qui me mets hors de moi,
A doux penser, par lequel ie conçoi
Mille diuinitez, & par qui ie contemple
Le beau portrait qui madame resemble.
A quel honneur ie voi! a dieu! quelles beautés,
Ie voi deia les cheueux frisotés.
Ie voi deia le nes, la ioue, & le visage,
Et ce beau front à qui ie fai hommage.
Ie voi ecarmoucher dans ces astres iumeaux
Vn escadron de ieunes amoureaux.
Qui prit ma liberté, & si ie voi encore
Ce beau sourci, qu'idolatre, i'adore.
Quel printes, quel autone, à ql fruit nouuelet,
Enfle le plis de ce riche colet?
A quel odeur diuin, à quel bame seuante
Pour embamer cette bouche riante?
Or me dites maitresse, or dite, est-ce pas vous?
Ie reconnoi à cet œil aigre-dous.
Ie reconnoi sans plus à ces graces modestes,
Mesme au parler que madame vous estes.
C'est madame sans autre, or sus donques auant.

Maitreſſe, or ſus que i'embraſſe le vant
Que ie ſuce & reſſuce & reſſuce ſans ceſſe,
　Le muſque dous de voſtre ami, Maitreſſe.
Mais que vay-ie réuant, ò le poure plaiſir,
　En vain, helas, ie trompe mon deſir.
En vain ſeul à par moy vn bien ie m'imagine,
　Si loin de vous, ò ma toute diuine,
En vain pour diſcourir ie cuide eſtre diſpos,
　Puiſque le mal me tient iuſques à l'os.
De me penſer guerir pour eſtre fantaſtique,
　C'eſt d'autant plus me rendre frenetique.
Auſſi de m'arracher hors de l'ame voz yeux,
　Et me garder de viure langoureux
En ſeruãt voz beautés, il faudroit qu'õ me fiſſe,
　Vn autre cueur pour faire autre ſeruice,
Vous me bruſlez, maitreſſe, & ie vous ſuis ainſi.
　Comme en eſté le ſoleil le ſoucy.
Quel eſpoir ay-ie donc de me mettre à mon aiſe
　Si par l'eſpoir ma fiebure ne s'apaiſe.
Puis que le mal ſemblable au miẽ ne peut guerir,
　Ne vaut il mieux dés cette heure mourir,
Et d'vne honneſte mort piper toute l'attente,
　Que de trainer vne ame languiſſante?
Or ſus donque, mourons & de ſi belle fin,
　Forçons icy l'orgueil de mon deſtin.
Et peut eſtre en mourant que pour eſtre facile,
　A vous ſeruir, ò Cyprine gentile,

Vous guiderez mon ame à la fin de mes iours
   Sous les lauriers ou volent les amours,
Dessous les mirthes vers, où les ames heurées
   Plus que iamais viuent enamourées.
On dit incontinant que Saturne chassé
   Par Iuppiter eut l'empire laissé,
Qu'au lieu de la pitié au lieu de la iustice,
   Il vit regner l'impudente malice,
Que pour l'age doré, il vit le fer trenchant,
   Pour ne voir pas vn siecle plus mechant:
Quauecque les Heros des meilleures années
   Il prit sa route aux isles fortunées:
Là iamais le soleil par ses douze maisons.
   Ne va couppant les diuerses saisons:
Là iamais le soleil sa carriere ne borne
   Dans le lion, ou dans le Capricorne:
La nuit d'vn sort egal n'y separe les iours,
   Vn doux printems y soupire tousiours.
Le Ciel, la terre y rit, & la seule nature,
   Y fait iaunir vne belle peincture.
On y voit les lauriers sous les Myrthes rãgés,
   Et les citrons aux pasles orangés,
Toute sorte de fleurs y peut estre choisie,
   Sinon la fleur qui vient de ialousie.
On oyt de tous costés la musique des eaux,
   Celle des vens & celle des oiseaux.
Le circuit du iardin & la plaine s'arrose,

D'eau de senteurs, d'eau de naf, & d'eau rose.
La terre de son gré toute chose y produit,
Et de soimesme elle y baille son fruit.
Et si par trop d'humeur, ou trop de secheresse,
On ne la void faillir de sa promesse.
Pour auoir ce qu'il faut on n'appelle le ciel,
Sans prendre peine on y trouue du miel:
On y suce par tout le nepenth, & le bame,
Auec le musq & lambre & cinname
Là bien loin de souci & bien loin de torment,
Heureux esspris vous viuez saintement:
Vous viuez en repos vne eternelle vie,
Francs du hazard que nous baille l'enuie.
Ores entremeslant les filles aux garsons,
Vous mesurez les loix de voz chansons.
Ores sous les accors du grand prestre de Thrace,
En demi rond vostre pié se compasse.
Ou bien si les deuis vous plaisent à leur tour,
Sous les lauriers vous iasés de l'amour.
Et sans feïdre vn martel, & sãs vẽdre des baies.
Heurensement vous viuez de voz plaies.
Quãd apres quelque beau vous estes trãsportés,
Pour voir le beau des parsaites beautez,
Vous suiuez à iamais ce que vostre cueur aime:
Car vostre amour se contient de soymesme.
O gaillars demidieux que vous estes heureux!
C'est en ce point qu'il faut estre amoureux.

C'est en ce poït qu'il faut que voſtre ame s'afolle,
　Sans conceuoir vne flame friuole,
Comme on fait ici bas, alors que la raiſon
　Et l'appetit s'eniure de poiſon.
Là tout libre, maitreſſe, & loin de tout encõbre,
　Ie voleray parmy le plus grand nombre.
Le mirthe & le laurier me pendra ſur le front,
　Et ceux d'embas quelque hõneur me feront.
Ie ſuis bien aſſeuré qu'encor la renommée,
　M'honorera pour vous auoir aimée.
Chacun dira de moy que i'aimoï ardamment.
　Et que i'eſtoy' vn bienheureux amant,
D'offrir en ſi bon lieu mon cueur & ma penſée,
　Sans vous auoir pour vne autre laiſſée.

ELEGIE　　6.

PV is qu'vn malheur m'eloigne de voz yeux
　Yeux ou l'amour, les graces, & les ieux
Font leur ſeiour, & detiennent ſurpriſe,
Depuis deux ans, mon ame & ma franchiſe :
Puis que le ciel encor ne me permet,
D'auoir le bien que l'amour me promet,
Lors que par fois de voz yeux ie m'approche
Et qu'eſtant pres, l'vn & l'autre decoche
Dix mille traits, qui me laiſſent au cueur
Vne ſay quelle amoureuſe langueur.

Si ie ne puis au vray faire paroistre
(N'estant au lieu ou mon ame doit estre)
Si ie ne puis vous monstrer par effet,
   Qu'on ne void point vn amour si parfait
Comme est le mien, au moins s'il est possible
De dire rien de mon mal indicible:
Ie le diray affin d'estre tesmoin,
   Qu'estant de vous & bien pres, & bien loin,
I'ayme tousiours & garde en ma pensée
L'œil qui m'auoit la raison offencée.
Doncques auant que dire mon esmoy.
Ie veuil vn peu vous conter de ma foy.

     On dit qu'amour de nature est volage,
Et que passant de riuage en riuage,
Il fuit tousiours: qu'il a de deux costés,
Comme vn oiseau des aesterons plantés.
On dit encor' que Venus est sa mere,
Et que Venus naquit pres de Cythere
Dedans les flots, & l'escume de mer,
Et pour cela que son fils est amer,
   Qui est mal seur comme l'onde qui tourne
En cent replis & iamais ne seiourne,

     Ie ne say pas comme on le feint leger
Mais des le temps qu'il s'est venu loger,
Dedans mõ cueur tousiours il y demeure,
Et demourra iusqu'à tant que ie meure.
I'ay englué les aesles qu'il auoit.

Et maintenant en lieu qu'il ne pouuoit
Eſtre arreſté, il n'à æſle ny plume.
Il eſt bien vrai qu'il a dè l'amertume,
Certes tout tel que dans moy ie le ſans,
Il fait ſentir des martires cuiſans.

    Mais quãd l'amour donroit plus de trauerſe,
Quand il ſeroit le fils d'vne Tygreſſe,
Quand il n'auroit verſé deſſus mon chef
Que le deſpit, la honte, & le mechef
I'eſtimerai l'heure bien fortunée
D'auoir pour vous l'ame paſſionnée.

    Le Ciel, Madame, eſt quelque fois eſmeu,
De vent, de pluie, & de greſle, & de feu:
Mais nous voions que le vent & la greſle
N'esbranle en rien ſon eſſence immortelle:
Ains que ſon beau en deux cercles vouté,
Monſtre ſur nous vue belle clarté.

    Tel en amour ie veuil eſtre, Madame,
Car quand i'auoy mille angoiſſes dans l'ame,
Quand ie ſeroy' mille fois tormenté.
Ie ne veuil point changer de volonté,
Ie veuil ſeruir voz beautés dous-cruelles,
Et veuil mourir ſ'il eſt beſoin pour elles.

    Et toutesfois, iuſqu'icy ie n'ai pas
Occaſion de chercher le trepas.
Iuſque icy ie n'ay dequoy me plaindre
De voz beaux yeux, qui me ſeurent atteindre

Si doucement: la douceur la bonté
Est familiere auecque la beauté.
I'ay toufiours veu l'honneur, la gentilleffe,
Et la pitié aux yeux de ma Maitreffe.
 Mais fauez vous, qui caufe mes ennuis,
Et qui me fait penfif comme ie fuis.
C'eft o malheur! qu'il faut que ie m'abfante,
Si longuement du bien qui me contante.
Et qu'eftant loin, ie ne peus receuoir
Ce qu'on pretend apres quelque deuoir.
 Si l'vniuers demeuroit immobile,
Et fi ce feu eternel qui fcintille
Parmy les cieux, n'eclairoit les humains,
Nous aurions beau trauailler de noz mains
Noftre grand mere, & femer dedans elle
Pour y trouuer l'abondance nouuelle,
Le grain tout pur qu'on y voudroit femer,
Se pourriroit par faute de germer.
 Maitreffe helas! fi voftre œil ne m'eclaire,
Si ie ne voy dedans mon hemiffhere
Voftre foleil, fi ie n'ay mouuement
De ce beau tout que lon fait en aimant,
Ie ne fuis rien, fi voftre œil ne m'enflamme,
Maitreffe il faut que ie viue fans ame.
Penfez vn peu fi les hommes viuans
Ainfi que moy, peuuent viure lon tems.
 Certes par fois quand ie fonge en voz graces,

Et qu'au rebours ie songe mes disgraces,
Ie sens mon corps ce me semble, perclus,
Du tout semblable à ceux qui ne sont plus.
  Ie vai cherchant les autres solitaires,
Les lieux ombreux, ie cherche les repaires,
Des dieux Siluains, pour dire ma douceur.
Quand ie l'ay ditte, ilz me content la leur.
  L'vn d'eux me dit que l'amour ancienne
De leur dieu Pan, fut semblable à la mienne,
Lors qu'amoureux de Syrnigue aux yeux vers,
Il apprenoit les antres, les desers
A la nommer, mais qu'auecque la peine
Qu'il y mettoit, l'esperance fut vaine:
Qu'en lieu d'auoir vn visage si beau,
Ce dieu retint pour sa Dame vn rouseau,
Car pour ne voir sa blancheur outragée,
Ou vn rouseau Sirnigue fut changée.
  Or ie ne sai si ie doi esperer.
Ou si ie doi plustost desesperer.
Pour voz beautés si ne veuil-ie pretendre,
Vn autre endroit, & s'il me faut attendre,
C'est peu de cas pour auoir vn grand bien.
Belle Maitresse vne autre ne m'est rien
Au pris de vous. Car si ie n'estois vostre
Ie pourroy' bien me bailler à quelque autre,
Mais quand vers vous mes propos variront
Encontremont les fleuues s'en iront

                    FIN,

ENcor que sans espoir, ò maitresse, ie viue,
Encor que sans espoir l'esperance ie suyue.
Encor que mon martel n'attende guerisou,
Si ne veuil-ie iamais quitter vostre prison.
I'aime mieux en aymant ne seruir que de fable,
  Que ne vous aimãt poït n'estre poït miscrable,
Ie say bien que l'amour qu'à cette heure ie fais,
Seruira d'entretien à ces autres muguets,
Quand ores trop hardy & ores temeraire,
Ils vous dechifrerons quel amour ie doy faire.
Mais quelle opinion qu'ils en puissent auoir,
I'ay toniours pour ma targue vn honeste vouloir
Et bref si ie te doy, amour, quelque risée,
Ie veuil ores auoir, la face deguisée,
C'est ores que ie veuil, amour, faire le saut,
S'il m'ẽ prẽd quelɋ mal, amour, il ne m'ẽ chaut.
C'est honeur que mourir, pour vne belle emprise.
Allez, ie ne suis plus celuy qui vous meprise,
O bienheureux amans, quand pour viure cõtans
Vous n'auez epargné la moitié de voz ans.
Viuez en doux repos, viuez ames contantes,
Pour auoir essaié voz belles Atalantes.
Ie veuil quãt est de moy, deusse-ie estre plus fol,
Entretenir le neud qui me presse le col.
Ie veuil quãd est de moy nourrir cette pensée,

Et l'vlcere secret qui m'a l'ame bleſſée.
Et ſi pour le guerdon que ie veuil de ces maux.
Ce n'eſt, dame, ſinon vn renfort de trauaux,
Et puis apres la mort, que ie veuil pour ſalaire
D'auoir oſé penſer ſeulement de vous plaire.
Voila ce que ie veuil pour me recompenſer,
Si ie vi plus long tems le bien de mon penſer,
Qui m'encirc le dos pour me ioindre des aeſles,
Eſtanchera l'ardeur de mes flames cruelles.

ELEGIE. 8.

NAguere, au point que veſper auancée:
Fait eclaircir la nuit demy paſſée,
Et que noz yeux par le ſomme ſillés
Sont endormis que les ſonges aeſlés
Paroiſſent vrais, i'entreuei la ſemblance,
De cet enfant qui monſtre ſa puiſſance,
Deſſus noz cueurs, & qui pour faire aimer,
Meſle ſouuent le doux dedans l'amer.
Sa peau n'eſtoit du tout de couleur blanche,
Ains il auoit comme vne roſe franche,
Le teint vermeil, & le corps pommelé,
Son poil eſtoit de fil d'or annelé,
Et de ſes yeux l'vne & l'autre planette
Flamboit ainſi qu'vne eſtoille brunette,
Vn beau carquois luy pendoit de trauers.

Son corps æslé d'vn plumage diuers,
Le soutenoit, en sa dextre mortelle,
Sembloit tenir vne lune nouuelle.
Son art sembloit au croissant demy-rond,
Qu'au bout du mois Diane porte au front.
Quand ie le vei en sursaut ie m'esueille,
Tu pense' amour, helas que ie sommeille,
Et ie me meur. Ie te prï laisse moy,
Finir ma vie, & finir mon esmoy.
Si tu es fils de Venus la deesse,
Vse enuers moy de quelque gentillesse.
Pardonne moy: le pardon que ie veux,
Est de mourir tout d'vn coup si ie peux,
Desia mon cueur est tout reduit en cendre,
Tu ne saurois encor' vn coup reprendre:
Ce qui est tien, quel honneur auras tu,
De m'assaillir? Ie n'ay plus de vertu,
N'y de pouuoir. Tu auras plus de gloire,
De t'acheter vne belle victoire,
En combatant le cueur plein de fierté,
De celle là qui tient ma volonté.

Ie dis ainsi, & les larmes plus molles
Accompagnoient mes debiles parolles:
Mais ce mechant iamais ne fut emeu
A soulager le mal que i'auoy' eu.
Ains me guignant d'vne œillade mechante,
Va, me dit il, chetif ie me contante

D'auoir

D'auoir sur moy tout le monde soubmis,
I'ay tout vaincu, ie n'ay plus d'ennemis,
Et celle là qui l'esprit te tormente,
De mes liens n'est pas mesmes exempte,
Ie l'ay vaincue, & desia mes couleurs.
Quell' porte au front, temoignent ses douleurs,
Mais pour geiner ton ame malheureuse,
D'autre que toy ie l'ay faitte amoureuse,
Ce n'est pas moy qui chasse le discord,
I'ayme trop mieux la noise que l'accord,
Ie n'eli pas la volonté semblable,
Pour la ranger sous vn ioug amiable.
Ie me nourri de mettre le despoir,
Et la fureur dans vn mesme vouloir,
Et qui pis est, pour garder que tu meure
Ie veuil (dit-il) me glisser à cette heure
Dedans tes os: & puis quand ie voudray
En te tuant mon brazier i'esteindray,
Il ne leur dit, qu'amenuisé en flame,
Il s'ecoula tout vif dedans mon ame,
Comme vn eclair quand le tems est couuert,
Fuyant par l'air dans la vague se perd,
Incontinent ie fu hors de ceruelle
Comme vn de ceux qui seruent à Cybelle.
Ie deuin fol autant que si i'auois,
Ou veu Diane, ou les Nymphes des bois.
A celle fin que ma peine s'alente,

Il me faudra chercher le Corybante.
Vous seule, helas, maitresse, vous m'auez,
Osté le sens, vous seule vous pouuez.
Oster mon mal, vous estes l'Anticyre
Qui peut garder que mon mal ne s'empire.
Et toutesfois puis qu'amour l'a voulu,
Et qu'il le veut ie'n suis tout ressolu,
Ie ne veuil plus vous supplier, maitresse,
Que vous n'vsiez enuers moy de rudesse,
Ie suis content de demeurer transi.
Et de mourir, s'amour le veut ainsi,
Mais ie vous pri' n'vser de l'artifice,
A celle fin qu'vn long tems ie languisse,
Pour ne tenir mon malheur en suspans,
Accoursissés la trame de mes ans,
Vous pouuez bien (si vous le voulez faire)
Auec amour d'vn beau coup me defaire.
Ie suis content de suyure mon destin,
Mourant pour vous, ie feray belle fin,
Mais si mon mal n'estant point secourable,
Dessous l'espoir de m'estre fauorable,
Vous me pippez de quelque beau semblant,
Auez vous pas le bras dextre sanglant?
Craignez vous pas que Dieu ne vous punisse,
De cest outrage, & de vostre malice?
Il vous fera porter le repentir,
De tant de maux que me faittes sentir,

Vous n'estes pas petite ny sans grace,
Et toutesfois vostre beauté se passe
Sans la cueillir:croyez les amoureux,
Ont quelque Dieu fauorable pour eux,
Et toutesfois deesse mariniere
Nymphe aime-ris amoureuse, ecumiere
Reine de Cypre, & d'Erycé, qui tiens,
Auecque Paf les chams Idaliens,*
Ie te supply pour punir l'inconstance,
De son amour, n'vser de la vengeance.
Ie seray trop vangé de la moitié,
S'elle connoit ma parfaitte amitié.
Belle Venus, fay luy donque connoistre
Que son amour & son œil me fut traitre,
Et que i'estois digne de receuoir,
Ce que lon peut gaigner par le deuoir,
D'vn long seruice & qu'vn ame tant seure
Meritoit bien recompance meilleure.

ELEGIE. 9.

O R sus c'est fait:ic veuil estre obstiné,
Puis que le ciel, maitresse, a destiné,
De m'accabler, puis que ie per mes peines,
Et qu'apres vous mes poursuites sont vaines,
Ie veuil bien loin m'eloigner de voz yeux,
En vous fuyant, peut estre, i'auray mieux,

Celuy qui craint ou l'amour ou la peste,
Ne doit trouuer la fuitte deshonneste,
Ie ne croy plus ce que vous me disiez,
Quand priuement au soir vous deuisiez,
Auecque moy:vous ne voudriez pas estre
Simple bergere,affin de mener paistre
Vostre troupeau,& que l'equalité,
Ne fust contraire à vostre honnesteté.
Vous n'aimez plus:vostre amour est flaitrie,
Comme vne fleur au beau de la prairie
Languit à bas le chef demy panché,
Ou comme vn tronc sans honneur desseché,
Et toutesfois cela ne m'espouuante.
Le ciel est trouble,& la lune inconstante,
La mer aussi nous trompe bien souuant,
Et vostre amour est leger comme vant,
Quand dessous vous vn Dieu se fit mon maistre
Il me sembloit dans vostre œil reconnoistre
Quelque douceur.I'ay tousiours estimé,
Qu'en vous aymant i'estoy le bien aymé:
Si le desir ne trompe mes semblables,
Mes passions vous furent agreables.
Amour auoit vostre cueur offencé,
Du mesme trait dont il m'auoit blessé.
Sous cest espoir mon ardeur augmentée,
Tousiours depuis la vostre a surmontée,
Tousiours depuis bien que ie fusse absant,

Mon feu ſegret deuenoit plus puiſſant,
Car bien ſouuent, encor que lon ſ'abſente,
Le ſimalachre aimé ſe repreſente,
 Pour vous ſeruir ie laiſſay ma fortune.
Qui ſe monſtroit à mon vueil opportune,
Ia quelque peu mes vertus paroiſſoient,
Et pour m'ayder les grands me connoiſſoient,
Mais comme on voit, quand la cheine brulante,
Marque en eſté le bourgeon de la plante,
Le vigneron trompé de ſon labeur,
En vn moment ie perdi le bon heur,
Qui me guidoit, pour l'hommage vous rendre,
Que vous pouueʒ d'vn eſclaue pretendre.
Ie le vous fei' & vous l'aueʒ receu:
Mais en croyant voſtre front m'a deceu,
L'homme eſt bien ſot qui cherche l'auanture,
Pour delaiſſer vne choſe bien ſeure.
Vous ſaueʒ bien maitreſſe, en cependant,
Combien de maux i'auois en attendant,
Voſtre mercy, quelle peine bourrelle,
Me dechiroit, pour eſtre trop fidelle,
A voʒ beaux yeux, helas, vous le ſaueʒ:
Et toutesfois pitié vous n'en auez,
Et n'uſtes onc. La roche de Tantale,
En cruauté ne fut iamais egale,
A mon tormant, le trauail d'Ixion,
N'eſt rien au prix de mon affection,
   C iij

S'il me faloit porter telle detreſſe
Pour acheter l'amour d'vne deeſſe
Ie ne voudroi' deuſſe-ie eſtre immortel,
Souffrit encor vn tormant ſi cruel,
I'aimeroi' mieux là bas viure ſans ioye
Et qu'vn corbeau me bequetat le foie,
Qu'eſtre amoureux, que languir à tous coups,
Et qu'endurer mille angoiſſes pour vous.
Amour vray'ment eſt vne choſe eſtrange
Ie l'ay connu, celuy là qui ſe range
De ſon coſte, eſt le plus mal traitté,
Heureux celuy qui vit en liberté,
Heureux celuy qui pour donner la baie
Quand il luy plait ſe peut feindre vne playe.
Vous me direz que vous ne pouuez mes,
De tout mon mal, que tout ſeul ie me mets,
En ceſt erreur, que tout ſeul ie m'apreſte
Et le laprice, & le martel en teſte
Et que iamais pour voſtre occaſion,
Ie n'enduray, la moindre paſſion,
Que i'ay pour vous, hà maitreſſe trop belle,
En vous aimant que vous m'eſtes rebelle!
O front moqueur comme amour me punit!
N'eſt-ce pour vous que ma face ternit?
N'eſt-ce pour vous qu'à toute heure ie porte,
Dans l'eſtomach vne peine ſi forte?
Que ie tranſi que ie vi en ſoupçon,

Plus chaut que braiſe, & plus froid que glaçon?
Si vous auieZ au moins quelque racine,
De ce beau mal, qui tout le corps me mine,
Pour me guerir i'auroï mille moiens.
Iamais amour n'abandonne les ſiens,
Pour vous chercher en l'eau Helleſpontide.
I'imiteroï le Damoiſeau d'Abide.
Pour vous oſter des bras de Iuppiter,
I'oſeroï bien le foudre deſpiter.

　　Il ne faut donc que vous preniez excuſe.
Sur voz parens, ſeule ie vous accuſe,
De tout mon mal, pour auoir admiré,
Voſtre beau front i'eu le cueur dechiré,
Et maintenaut que vous me faillez d'aide,
Ie veuil mourir pour chercher le remede.
Qui m'a reſté. Ie ne puis autrement,
Mettre dehors mon amoureux torment.
Ie ſen pour vous la ſiebure continue,
Si voſtre amour enuers moy diminue,
Si ie me voi pour vn autre laiſſé,
N'eſt-ce pour vous que ie ſuis treſpaſſé?
Maitreſſe enſemble & trop douce & trop fiere,
Quand ie gardoï ma liberté premiere,
Quand i'eſtoi franc, alors vous me deuieZ,
Amoneſter du mal que vous ſauiez,
Peut eſtre alors ie vous enſſe entendue,
Et ma raiſon ſe fuſſe deſfendue,

　　　　　　　C iiij

Plus viuement, ie n'vſſe pas eſté,
Du premier coup ſerf de ma volonté,
Mais maintenant que vous tenez ſurpriſé,
Ma liberté, & que trop ie mepriſe,
Ce que ie ſuis pour viure priſonnier,
Ie pren trop tard le remede dernier,
Maitreſſe, helas, il n'eſt pas difficile,
De ſe garder que l'amour ne diſtile,
Dedans noz yeux, & qu'on ne ſoit ſurpris,
Des beaux lieux ou Venus me tient pris.
Mais quand deſia l'appetit nous ſurmonte,
Et qu'en ſeruant au vulgaire de comte,
On a les bras renuerſez ſur le dos,
Que lon ſoupire & pleure à tous propos,
Ie le ſay bien: alors on ne peut eſtre,
Vainqueur de ſoy, ny vainqueur de ſon maiſtre.
Maintenant donc que ie ſuis abreuué,
De voſtre amour, & que ie l'ay couué,
Si longuement, tellement que mes veines,
D'vn doux venin ſont deſia toutes pleines,
Ne vous moquez aumoins de ma langueur.
Ce que ie fay ie le fay de bon cueur,
Ie vien bien loin vous faire ſacrifice,
Et vous offrir le fruit de mon ſeruice,
Ce ſont des pleurs ſe ſont milles regrets,
Et des ſoupirs qu'à toute heure ie fais,
Las! ſi vous plait pour vous rendre aſſouuie,

Ie vous ferai vn present de ma vie,
Las! s'il vous plaist pour vaincre cest effort
Desmaintenant ie me donrai la mort.

ELEGIE. 10.

I'Auois cêt fois iuré pour me vaicre moymesme
De n'aller pl⁹ reuoir la Maitreste que i'aime
Mais ie me sens forcé, & tousiours vers le soir
Sans la penser trouuer amour me la fait voir.
Quand ie suis de retour si tost que ie me couche
Milles petis amours me dressent l'ecarmouche,
Ie fais mille discours: & mes pensers nouueaux
Fôt mille autres pêsers qui regregêt mes maux
  Quand le soleil a fait sa course iournaliere,
Thetis aupié-d'argent la belle mariniere
Le reçoit en ses bras, pour estre plus dispos
A se leuer matin, il cherche le repos.
Helas ce di-ie en moy, la Lune est endormie,
Sa corne en demi-rond ne paroist que demie
Dessus nostre Horison, deia l'Ource reluit,
Dans les mains du bouuier, il est plus de minuit
Chacun prêd son repos, mais la tristesse enclose.
Tousioursveille en mõ cueur & mõ mal ne repose
Ie reçois maintenant autant de deplaisir,
Qu'vn amant biê heureus contant de son desir,
Reçoit de priuautés : il rebaise à son aise,

Les beaux yeux de sa dame, & sa dame le baise,
Au lieu de ces baisers ie couue dans mon lit
Poignant comme chardon, l'amour & le depit
Ie porte tout autant de flammeches cuisantes,
Qu'on voit reluire au ciel de chãdelles luisãtes,
Si pour auoir aimé les deus parts de ces feus
Encor' pasles daymer embellissent les cieus
Bel œil de l'orient estoille Cyprienne
Ma clarté quelquefois sera pres de la tienne,
Ie serai pres de vous en signe transformé,
Astres pardones moy i'ai mieus que voº aimé.
Ie vais ainsi raiuant & puis quand l'epousée
De ce viellard Titbon, perfume de rousee
Les herbes & les pres, ioieus de son retour
Ie vais de grand matin luy bailler le bon iour
Pour la biёueigner mieus à plaine maї i'epãches
Des roses & des lis, & des ianettes blanches,
I'y mesle des parfuns, puis en esternuant
Ainsi plus d'vne fois ie la vais saluant,
Belle aurore dieu gard, dieu gard aube vermeile,
Tu as le front de rose, & la leure pareille
Au coral de la mer, ton visage riant
Est garny tout autour de perles d'orient,
Ma Maitresse a le taint de Cynarbre & de rose,
Et son ris semble auoir vne perle d'esclose
Sous vn brin de coral, ainsi que tu laissai,
Ton mari trop agé, pour aimer par deça

Vu ieune Cefal prit le cueur d'vne Deeſſe,
Tout au rebours de toi helas! on me delaiſſe
Pour vn noueau venu, & ſi ie n'ay encor'
Que bien peu le menton cottonne de fin or,
Ie ſuis ieune, & gaillard, Belle Aurore ie penſe
Que t'aurois en t'aimant meilleure recompanſe
Tu vis melancholique & te faches d'auoir
Vn chagrin pour mari, qui n'a plus de pouuoir
Ie vis infortuné pour ne viure ſans elle,
Il me fache de voir vne Dame ſi belle
Aimer autre que moy, & que le tams paſſé
Sous vn ſeruice ingrat ne m'a rien auancé,

    Ie n'ay pas dit ainſi que les heures paſſees
Accourſiſſent le iour, pluſtoſt que mes penſees,
Et puis quand ie connois que le ſoleil bien chaut
Tirant vers le midy, nous allume denhaut,
Ie luy vais dire ainſi beau ſoleil ie te prie,
Si te ſouuient encor, de ta belle Clithie,
Bruſle moy tout le cors, deſſeche moy ainſi
Que tu fis deſſecher la fleur de ton ſoucy.
Ie ne ſuis moins epris d'vn bel œil que i'adore,
Que cette Nimfe eſtoit, & qu'elle l'eſt encore
De tõ œil tout voiãt, las! nous ſommes tõ⁹ deux,
Encor eperdument d'vn ſoleil amoureux.
Touſiours vers le matin ceſte Nymfe ſe tourne
Du coſté du leuant, & mon ame ſeiourne
Aupres de mon ſoleil, mais ie n'ay pas ce bien

Que d'estre à son leuer comme elle l'est au tien
Maintenant que tu tiens l'ardante Canicule
Tout le mõde est bruslé, son œil dextre me brusle
Soit hyuer soit esté, & tousiours la douleur
Nourrit dedans mes os vne extreme chaleur.
Tu vas hastant le pas, & mon age s'enuole
En parlant auec toy, mais l'amour qui m'affole
Vit eternellement : ie n'aime pas si peu
Qu'encor apres la mort ie ne sente du feu.
A dieu gentil soleil garde bien de mesprendre,
Ne sois point enuieus de la ieunesse tendre
Qui reluit dans les yeux, de ma Maitresse, afin
Qui tout seul langoureus ie languisse sans fin.
Voila comme en réuant ie passe la iournée,
Depuis que ma raison est follement menée
Au gré de l'appetit, quelque fois ie me perds
Asuyure les sentiers & les boccages verds,
Si ie puis ie me mets aupres d'vne fontaine,
Au lieu plus reculé de toute trace humaine,
Si tost que ie m'y plains ne sçai quel petit son
Reprend incontinant le bout de ma chanson.
Ie me mire dans l'eau puis voiant mon image
Ie commence à pleurer la perte de mon age,
Ie me pleins de moymesme, & me fache dequoy
Ie fais pour trop aimer si peu comte de moy.
A! ce di-ie à part moy, tousiours le feu s'alume,
Tu es pasle & transi, d'amour qui te consume,

Tu fais mille regrets, qui se perdent au vant
Tu soupires en vain, car tu mourras auant
Que receuoir mercy, n'attens plus d'allegeance
Puis qu'on mesle le beau auecque l'inconstance.
Belle fontaine helas! que ne fai-ie en parlant
Changé comme tu es vn murmure coulant,
Que ne suis-ie fontaine, à celle fin destaindre
L'amour & le depit qui cōmence à me poindre
Ie serois bienheureus : car des pleurs que ie fais
Le brasier de mon cuenr ne s'appaise iamais.
O deserts ombrageux : ô forests cheuelues?
A mes tristes soupirs à mes plaintes connues?
Fontaines, & rochers qui croisses de mes pleurs,
Vous estes biēheureus au pris de mes malheurs.
Quand la belle Venus au mois de sa naissance,
Fait epandre sur vous la corne d'abondance,
Que le tams est plus gay, & que Flore poursuit
D'vn beau reth de fil d'or son amy qui la suit.
Alors on voit icy la campaigne couuerte
De mille & mille fleurs, vostre ecorce plus verte
Reprēd ses beaux cheueus, voº sentés le printās
Ie sens dedans mes nerfs vn hyuer en tout tams
Quelque saison qu'il soit iamais vn primeuere
Meslé de quatre humeurs ma chaleur ne tēpere.
Ie voudrois quād premier i'ētrepris d'aprocher
Aupres de ma maitresse, elle m'eust fait rocher,
L'eclair de ses beaus yeux plº poignāt q̃ le foudre

Ne mettoit si souuãt mõ poure cueur en poudre,
Ie serois comme vous, & pour ne rien sentir
Ie ne sentirois pas si tard le repentir.
Rochers vous le saues, les Antres, les vallees,
Les monts, & les destroits des foretz reculees
Le scauent bien aussi, la cause de mon mal
Vient pour n'ē aimer qu'vne, & pour estre loial.
Cõme on ne peut riē voir au monde qui l'egalle
Aussi ne voit on point, vne ame si loiale
Que celle qui la sert, pour aimer constamment
La nature me fit le cueur de Diamant.
Ie sçay bien qu'elle n'est ny cruelle ny fiere
Mais elle est en amour inconstante, & legere,
L'hiuer est vn grãd mal aus tendres arbriseaus
La tempeste aus rochers, la secheresse aus eaus,
Mais trop plus est à craindre vne tēdre pucelle,
Quand elle est variable, autãt cõe ell' est belle,
Auant que de laymer ie veus faire la court,
Sans espoir de mercy à quelque rocher sourd.

Deesses des foretz, & vous belles Nauondes,
Qui peignes vos cheueus dessus le plis des ondes
Quand vo⁹ verres passer ma Maitresse par cy,
Contes luy mes malheurs, & luy dittes ainsi,
Belle celuy qui meurt pour ta face excellante
Reçoit la mort en gré son malheur le contante,
Il en est bien ioieus, il meurt pour estre tien,
Il ne sçauroit trouuer plus honneste moien,

Pour le guider au ciel, mais no° sõmes cõtraûtes
Penſant le ſoulager, de te faire ſes plaintes.
Le temple de Venus n'a point tant de bouquetz,
Et l'amour n'a point tant de flãmes & de traits,
Les freres amoureus n'eurent onc tãt de fleches
Cõme il a iour & nuit dãs le cueur de flãmeches
Pour ſuiure ſon deſir, il ne s'aime point tant
Qu'il n'aime tes beaus yeux dix mille fois autãt,
Nous l'auons veu cent fois quãd le ſoleil ſe leue,
Et quand plus pres de nous vers le ſoir il abreue
Ses cheueus en la mer, à minuit à plain iour,
Racomter aus forets des complaintes d'amour,
Il nous faiſoit pitié, ſi ſon mal ne te preſſe,
Tu doibs auoir le cueur d'vne fiere tygreſſe,
Mais non tu ne l'as pas, car à ce qu'il diſoit
Sans en auoir pitié ſon malheur te plaiſoit.
Il ſe plaint ſeulement que ton œil qui l'abuſe,
Ne la fait en rocher. Cõme on dit que Meduſe
Empierroit l'eſtomach de ceux qu'elle voioit,
Il connoit bien ſa faute, & qu'il ſe fouruoioit
Bien loin de la raiſon, pour oſer entreprendre
Ce qu'vn homme mortel n'eſt digne de pretẽdre
Mais s'il a rien failli, la faute vient de toi,
Car feignant de l'aimer tu l'as mis hors de ſoi.
　Vous lui direz ainſi, & puis s'elle regrete
D'un ſoupir plain damour, la faute quelle a faite
En lui baiſant les mains, dittes lui que ie veus,

Pour ne luy eſtre plus importun & facheus,
Mourir dedans ſes bois, ſi elle vous mepriſe,
Dittes luy qu' Apollon deſſus le bord d' Amfriſe
Voulut eſtre berger, & que Venus auſſi,
Aima bien cherement Adonis ſon ſoucy.
Faittes luy ſouuenir qu'elle n'eſt pas Déeſſe,
Et que ie vallois bien celuy qu'elle careſſe.
Adieu Nymfes adieu, puißiés vous à foiſon,
Auoir dedans vos prés, l'herbe en toute ſaiſon.
Le Narciſſe, l'aſpic, & les lys qui blanchiſſent,
La roſe & les œillets iamais ne ſi fleltriſent.
Ce pandant ſi ie meurs, mettes deſſus mon cors,
Non pas les romarins, ny les brãches des mors:
Mettes y des lauriers, des mirthes, & d'eau roſe
Perfumés s'il vous plaiſt la place ou ie repoſe.
I'y veus eſtre enterré, ſi le tams deuient beau,
Vous verrez vne fleur aupres de mon tombeau.

ELEGIE. II.

Bien que le tams & ma perſeuerance,
Vous ait donné entiere connoiſſance
D'vn long ſeruice, & d'vn cueur plain de foy,
Et que voſtre œil qui commande ſur moy,
Ne m'ait laißé moien de me defendre,
Qu'à iointes mains il ne me faille rendre.
Ie ne veus pas pourtant vous requerir

De

De m'eſtre en ayde, & de me ſecourir.
Sur le printams de gaye Philomelle.
Plus ſeurement degorge ſa querelle
Dedans vn bois, qu'alors qu'elle ſe voit
D'vn peu d'oŻier priſonniere à l'etroit.
L'homme enferré deſire eſtre ſon maiſtre,
En vous ſeruant ic ne le veus pas eſtre,
Car c'eſt plaiſir de perdre ſa raiſon,
Pour le laiſſer en ſi belle priſon,
I'ay eu le bien qu'a maintenant vn autre,
Ie mis vn iour en la place du voſtre,
Mon cueur cheŻ vous le voſtre eſt eſgaré.
Touſiours depuis le voſtre eſt demeuré,
Dans voz liens, ſigne que ie vous aime.
Et que t'aimois d'vn amour plus extreme
Que vous madame, auſſi le tams vainqueur
N'a rien ſur moy qui aime de bon cueur.
Ie m'eloignay de voz yeux qui me ſuiuent,
Comme en eſté les ombres nous pourſuiuent,
I'allay bien loin, mais eſtant de retour,
Ie fus autant eperdu de l'amour,
Comme i'eſtois & durant mon abſance,
Ie tranſiſſois comme en voſtre preſance.

Certes alors & que vous m'eſtimieŻ,
Et que i'aimois pource que vous m'aimiez,
Que voŻ beaux yeux m'auoient l'ame gaſtée,
Et que i'auois la raiſon tranſportée,

D

Sur tous madame heureus ie m'eſtimois,
Pour eſtre aymé, autant comme i'aimois,
Et toutesfois depuis qu'eſté changée,
Que vous aués autrepart engagée,
Voſtre amitié. Ie ſuis en meſme peine,
Et pour vn peu ma foy ne decroit point.
Ie ne crois pas auſſi qu'il ne vous reſte
Quelque eguillon, de ce vouloir honneſte
Que me porties, car ſans occaſion,
On ne doit pas changer d'affection.
Ie n'ay rien fait qui vous deuſſe deplaire,
Et pour mourir ie ne le voudrois faire,
Las! ſi le ciel & l'importunité,
Peut commander à voſtre volonté,
S'en vous aymant le malheur me deuance,
Puis qu'il le faut ie prendray patience,
Ie ſay fort bien qu'vn autre vous aura,
Et toutesfois mon vouloir demeurra,
Tel qu'il eſtoit : car mon ame fondée.
Sur le perfait de voſtre belle Idée,
Du premier beau tire ſon amitié,
Et maugré tous vous eſtes ma moitié.

　　L'homme vrayment eſt cruel & barbare,
Qui languiſſant d'vn appetit auare,
Vient de pié coy attendre le marchant.
Pour le tuer, certes l'homme eſt mechant,
Qui nourriſſant des diſcordes ciuiles,

Fait renuerser les polices des villes.
Mais celuy la me semble plus cruel
Et digne encor' de chasser le soleil,
Qui tranaillé d'auarice & d'enuie,
Pour separer vn ame bien vnie,
De sa moitié, tout plain de cruauté
Veut empecher l'vne & l'autre beauté,
De s'assembler. Ie souhaitte qu'il aye
Dans l'estomach vne amoureuse playe,
Et que iamais sans espoir de guerir
Cherchant la mort il ne puisse mourir.

Au tams passé, quand le chene sauuage
Couloit le miel: dessous le meilleur aage,
Et que les dieux amoureux comme nous,
Viuoint icy l'vn de l'autre ialous,
C'estoit plaisir de mener à sa guise
Sans passion, sans crainte, ny feintise,
Vn amour vray, Cupidon ne sauoit,
(Car en ce tams encor il ne lauoit,
Dans nostre sang le bout de la quadrelle)
Faire vne dame, & depite & cruelle.
Ce bel enfant, & ses freres tous nus,
Donnoint à tous les presans de Venus,
Pour luy bailler vn pot de mariolaine,
Pour vn bouquet, on estoit hors de peine.
L'or inconnu, qui gaigne le vouloir,
Des cueurs humains, n'auoit tant de pouuoir,

La vertu simple estoit recommandée
Et l'amitié qui n'estoit point fardée,
O quel destin quand le ciel se rouilla!
Si i'eusse aumoins esté de ce tams la
Auecque vous, Ie vous eusse suiuie,
Pour vous bailler, & mon cueur & ma vie,
Ie n'eusse esté d'vn autre deuancé,
Et si peut estre on m'eut recompansé.

 Las! maintenant ie pleure, & ie lamante,
Et cependant l'auarice mechante,
M'accablera vn autre aura le bien,
En lieu de moy, que ie meritois bien.
Car mon esprit qui iamais ne repose,
Qu'en vos beautez meritoit quelque chose.

 Or si l'aspet de mon astre natal,
Me mit icy pour endurer du mal,
Ie le prendray vous seres en liesse,
Et ie viuray tout comblé de tristesse,
Vostre beauté que lon voit epanir,
Comme vn bouton ne se pourra fanir,
D'vn bien long tams, auant que d'estre en aage,
Ie sentiray la perte, & le dommage,
De mes beaus ans, car bien tost ie mourray,
Ou languissant tout seul ie flettriray.
Ainsi qu'vn fruit qu'on laisse sur la branche,
Ou comme on voit vne vigne qui panche,
Loin de lormeau, contre terre ses bras,

Car sans vous voir ie vis & ne vis pas.

ELEGIE. 12.

MAis pourquoy p̄nies vo° cruelle & sãs pitié,
Si vous deueZ si tost enfraindre l'amitié,
Les astres en tesmoin de vostre mauuaitié,
    Et de mon innocence?
Et quoy pensies vous donc cruelle deguiser,
Pour vous feindre vn martel & pour amadiser
Ce qu'vn cueur amoureus doit le mieus auiser
    Quand le moins il y panse.
La ieunesse & le tams à toute heure s'enfuit,
Cependant pas à pas, la vangeance nous suit,
Et comme maintenant tousiours le peché nuit,
    Bien que tard il nous suiue.
Vous aues pour le bien changé vostre vouloir,
Vous aues plus aimè le bien que le deuoir,
Et maintenant aussi ie vous vois receuoir,
    Vne peine tardiue.
Quand premier i'admiray vostre belle clarté,
A Dieu di-ie à part moy, ma chere liberté
Adieu, ie ne suis plus celuy que i'ay esté,
    Ie suis ores forçaire,
Alors tout simplement comme simple i'estois,
Sans ruse auprès de vous l'amour ie demenois,
Et sans preuoir en rien au mal ou ie me vois,

I'eſtois ſerf volontaire.

Ie ne voulois iamais changer d'affection,
Ie vous voiois touſiours en contemplation,
I'auois touſiours en l'œil voſtre perfectiou,
  Bien que ie ne vous viſſe.

Il me ſembloit auſſi que vous ne me trompies,
Quand eſtant pres de vous aſſis deſſus voz piés,
Vous receuies en gré ainſi que vous diſies,
  L'eſclaue & le ſeruice.

Ie veus ce diſiez vous quand les cieux periront,
Ie veus quand les amours les amours ne feront,
Et quand parmy les cieus les amours ne luiront,
  Que noſtre amitiè ceſſe.

Auecquè ces beaus mots certes i'euſſe bien creu,
Le feu eſtre la glace, & la glace le feu,
Certes i'euſſe bien creu, que l'œil qui m'a deceu,
  N'eſtoit de vous, maitreſſe.

Vous pleuries ce pendant & leger que ie ſuis,
Pour accroiſtre touſiours le fiel de mes ennuis,
Ie vous torchois les yeux: mais ores du depuis
  Que i'ay ſceu voſtre ruſe.

Ie vous ay dit adieu, pour n'eſtre malheureus,
Gaillard, ie ne ſuis plus tenu à vos beaus yeus:
Ce qui me fait encor' reuiure plus ioyeus
  C'eſt que lon vous abuſe.

Ce mignon qui ſe feint auoir dedans le cueur
Pour vos fieres beautez vne fiere langueur,

Qui n'ayãt rien de bon que pour estre moqueur,
 Contrefait le martyre.
Apres qu'il aura fait vn beau tour de sa main,
Qu'il vous aura laissé l'amour dedans le sein,
Echangeant son vouloir vous laissera soudain
 Pour m'aprester à rire,
Le ciel le veut ainsi car iamais on ne voit,
Que nostre ame preuiëne au bien qu'elle cõçoit,
Quand en vn mesme fait fausement on deçoit
 La personne innocente.
Desia vostre beauté plus morne de couleurs,
Me paye à bon esciant l'vsure de mes pleurs,
Ie veus pour le guerdon de mes autres malheurs
 Qu'vn malheur me contante.

ELEGIE. 13.

S I celuy qui dans soy recherche l'innocence,
Peut auoir quelque bien dedans sa concience
Si pour n'auoir iamais abusé de sa foy,
Il peut dedans son cueur rien promettre de soy,
Vraimẽt poure Turrin tu peus dire à cet heure,
Que d'vn ĩgrat amour vn grãd bië te demeure.
Car tout ce que lon peut dé penser ou de fait
Souhaitter à quelcun, tu l'as dit & l'as fait,
Et toutesfois desia ton amour effacée,
Se perd dedans le vant d'vne ingrate pensee.
   D iiij

Pourquoi dõc deformais prẽs-tu tãt de trauaus,
Que ne t'affranchis-tu toi-mesme de ces maus?
Pouret retire toi, & t'asseure toi-mesme,
Oste moy ces pensers & ceste couleur bléme.
Tu diras qu'il est bien difficile aus amans
D'arrester vn amour commencé de long tamt,
Tu dis vrai, mais & quoy, quelq̃ chose qui passe
En depit de tes dans il faut que tu le face,
C'est la ton seul repos, il faut gaigner ce point
Ou qu'il soit impoßible, ou qu'il ne le soit point.
Dieus si vostre nature est d'estre pitoiable,
Si vous aués iamais aidé le miserable,
Regardez m'en pitié, & si quelque peché,
Viellißant auec moy ne me tient entaché,
Dieus, chassez loin de moi, chassez loin de ma teste
Ce meschant souuenir qui m'apreste la peste,
Et qui secrettement glißant dedans mes os
M'a fait perdre en vn coup & repas & repos.
Ie ne demande plus qu'elle m'aime au contraire,
Ou que ie puiße encor', ce qu'il ne se peut faire
Plus heureux deuenir, ie veus tant seulement
Estre sain & gaillard, & libre de tormant.
    Dieus concedez le moy & pour mõ innocence,
Et le iuste appuy qu'ay de ma conscience.

Fin du premier liure des Elegies
Amoureuses.

LIVRE SECOND DES ELEGIES DE CLAVDE TVR-
RIN DIIONNOIS.

A Ttresexcellente Princesse Madame Marguerite Duchesse de Sauoye.

ELEGIE PREMIERE.

COMME on voit bien souuent quand
nostre esprit se fonde,
A tirer au cõpas la fabrique du mõde
Apres qu'il à trainé d'vn vol audacieux
Le centre de la terre, & le cercle des Cieux,
Qu'il a veu le soleil par vne mesme cource
Tracer obliquement les deus poles de l'Ourse,
Qu'il a veu la maison de Saturne, & de Mars,
Et l'enceincte du ciel, qui se fend en cinq pars,
Pour discourir en tout ceste carte commune
Des hommes & des dieus s'arrester sur la lune,
Et conter à peu pres le iour, & le moment
Qu'elle vient en defaut, ou en acroissement
A la fin s'il ne peut sa nature comprendre,

Admirer seulement ce qu'il ne peut entendre
Non autrement alors qu'on demeure arresté
A suyure fil à fil, ou vostre grand bonté
Vostre parler accort, ou bien vostre sagesse,
On vous donne aussi tost le nom d'vne Deesse,
Ie ne scai quoy de grand qu'on ne peut mesurer,
Vn chacun qui vous voit cõtraint de l'admirer,
Aussi Madame, il faut quand on ne peut deduire
L'vne de voz vertus, seulement qu'on l'admire
Quand est de moy madame, encor q̃ le malheur
Et que la pourceté, me derobbe l'honneur
Que ie m'estois acquis pour deioindre mes æsles,
Et connoistre le beau des choses immortelles.
Ie dirai toutefois que vous passés d'autant
Ceste antique Palas, qu'vn pin và surmontant
Ou le bas romarin, ou la simple fougere,
Car si tousiours on feinĉt qu'elle soit en colere
Et que pour vn depit abandonnant les siens,
Elle donne aus Gregois les Pergames Troiens,
Si pour se resentir d'vne petite iniure
Elle fit abismer vne teste periure,
Si mesmes on ne peut sans quelq̃ grand mechef
Voir cest habillement qui luy couure le chef,
Comme iadis tu vis, ô poure Thyresie,
Pour la voir seulement ta lumiere rauie.
Ie m'asseure vraiment que vous la deuancés,
Autant que l'epriuier les oyselets lassés,

Car en lieu de nourrir vne guerre chetiue,
Vous auéz fait florir le tronc de son oliue,
En lieu d'offencer ceus, qui seruice vous font,
Vous leur mettes à tous vn laurier sur le front
Tesmoin m'en est Bellay, & Ronsard, & Iodelle,
Et ce grand Hospital, qui les autres excelle,
Comme la lune fait alors qu'elle reluict
D'vn bel œil argenté, les flambeaus de la nuict.
Dessous vostre faueur encor mesme i'espere
A la poudre, & au vant, donner ceste misere
Et ce soing epineus qui me charge le cueur,
I'espere estre en repos dessous vostre faueur,
Ainsi voit on souuent quand la vague souflee,
Enfle flos dessus flos, la marine sallee,
Le nocher pallissant pendu, dessus les eaus,
Appeller au secours les celestes iumeaus.
Fauorisez vn peu, & d'vn clin de la teste
Chassés bien loin de moy ceste proche tempeste,
I'oseray bien alors d'vn branle plus dispos
Porter iusqu'aus neueux le bruict de vostre los,
Alors plus viuement i'enfonceray l'yuoire
Pour porter voz aicus au but de la memoire.
Lors que ce petit Prince, aura par le destin,
Surmonte le T'hudesque, & le peuple Latin,
Qu'il aura replanté ses armes en la Grece,
Ie seray le courrier de sa ieune proesse,
Apres vn long amas de lances & descus,

Il trainera les noms de mille rois vaincus :
  Ce pandant ie vous pry ainsi que Leucothee,
Quand Vlysse pendoit sur la vague irritee
Pour le tirer abord luy monstre le signal
D'vn grãd linge tout blãc, q̃ pour le gouuernal
De mon fresle basteau vostre appuy me supporte,
Et qu'vn linge tout blanc me serue pour escorte.

LES CHARITES PRISES
DE THEOCRITE.

A feu monsieur de Longs-court,
Abbé de Cit. &c.

ELEGIE 2.

LEs neuf seurs d'Apollõ & leurs prestres aussi
Ont tousiours (mõ prelat) la gloire & le souci
Elles de contenter d'vne iazarde Lyre
Les oreilles des Dieus & les Poetes d'escrire
Aus neueus, les beaus faits des hões plº heureus :
Car les Muses tenans leur naissance des Dieus
Ne chãtẽt q̃ le ciel : Mais nº qui dieus ne sõmes
Seulement nous flatons les louenges des hõmes.
Qui est-ce toutefois (de tous ceux que lon voit
Sous l'enceinte des Cieus) mõ Prelat qui reçoit
Noz graces de bõ œil? mais mõ Prelat qui est-ce

Qui de mille preſens richement les careſſe?
Ie les voi plus ſouuent tout-confittes d'emoi,
Les piés nus trāblotās, s'en retourner ches moy,
Et ſans ordre vogant leur treſſe détourbée,
Pancher ſur les geuous, vne face plombee,
De faim & de courrous, puis d'vn frond depité
S'egriſſant contre moy, blamer ma poureté
Mais helas! pour neant maudiſſant cette piene
Elles giſent au fond d'vne bougette vaine:
Car ò dieus immortels q ſŏt ceux auiourd'hui,
Qui cheriſſant le bien, fauoriſant celuy
Qui peut ploier nos cueurs de ſa douce faconde,
Cŏme vn vĕt les cheueus d'vne plaine ia blŏde?
Ie ne ſai quels ils ſont, mais vraimĕt ie ſçai bien
Que l'hŏme maintenăt ne cherche point le bien
Qui peut l'eterniſer d'vne longue memoire,
Ains qu'au gain ſeulemĕt il confine ſa gloire,
Et que chacun ſerrant la dextre dans le ſein
Guigne deça & là s'il peut faire ſa main,
Sans qu'aus chātres coquins auaremĕt on baille
Vn quatrin pour paſſer ou quelque poure maille
On leur dit ſeulement, ſans élargir le mien
Dieu vous vueille reueurs en fin faire du bien.
Qu'ai-ie à faire de vous ny de voz reueries?
Vn Homere ſuffit: bien que ſes menteries
Entre tous les reueurs le facent le premier
Si n'aura-il de moy toutefois vn denier.

Mais quel gain auez, vous aueugles q̃ vo° etes?
Si beant apres l'or auarement vous faites
Vn monceau paliſſant pour le fouir en bas?
L'homme bien auiſé ainſi ne le fait pas.
Il ſuſit d'en tirer ce qui eſt neceſſaire
  A l'vſage commun, puis apres d'en bien faire
Aux amis ſouffreteus : mais vous deues apres
En offrir quelque peu, aus poetes ſacrés,
Car ſur tout il vo° faut faire hõneur aus poetes
Pour-ce qu'ils ſõt des Dieº les ſacrés interpretes
Afin qu'apres la mort ſuruiuant votre nom
Sans loz vous ne ploriez la bas pres d'Acheron
Comme vn poure bécheur qui de labeur ſe tue:
Et s'empoulle les mains à tenir la charrue,
A ſe leuer matin, à chaſſer ſes cheuaux,
Et encourir touſiours mille & mille trauaux
Maĩts prĩces étrãgers gouuernãs leurs prouĩces
N'õt gueres elõgné l'hõneur des autres princes,
Soit qu'ils fiſſent renger en pointe vn bataillon
Soit qu'ils priſẽt vn fort: mais pource qu'Apollõ
Ne leur donne faueur leur gloire enſeuelie
Eſt au meſme tombeau ou giſt morte leur vie
Qui connoitroit Achil, ou ſon haineur Hector,
Qui connoitroit Aiax, ou le ſage Neſtor,
Qui connoitroit Priam ou le caut Laertide,
Qui connoitroit encor le coronnal Atride,
Si l'erain entonné d'vn poſte n'eut laiſſé

Leur trofé iusqu'à nous fermement entaßé?
Ores on ne bruiroit tes heureuses proeßes,
Tes erreurs de dix ans ny tes belles fineßes
O caut Dulichien! mais ton nom abatu
Par le tems enuieus tromperoit ta vertu
Tes neueus ne ſçauroïët cõme auecques ta trope
Euitant cautement la fureu₂ du Cyclope,
Sans te prendre aus apas des filles d'Achelois,
Sans craindre le danger des humides abbois
De deux mõſtres maris, ſãs craindre la fortune
Ni le iuſte courrous de ce vieillard Neptune,
Tu calmas à la fin apres tant de trauaux,
Dans les bras deſirez Nepenthe de tes maux:
Meſme on ne parleroit de ton fidele Eumee,
Si l'aueugle diuin n'eut ton ombre amenee
(Aiant tant ſeulement l'eſcorte de ſes vers)
Hors l'etroite priſon de l'oubly des enfers.
Encore auecque toi mourroit toute la race
De ton haineus Priam, ſi la parfaite grace
De Ronſard n'equipoit vn Nauire garni
Pour retramer vers nous ſon gendarme banni.
Non! l'homme ſeulement s'atitre quelque gloire
Par les vers trafiquez, & iamais la memoire
D'vn marrane villain ne ſe guinde par l'er
Pour le pris d'vn treſor qu'on cuide amonceler:
Mais i'ai beau diſcourir, car ce n'eſt mõidre pei-
Que conter ſur vn bort le nõbre de l'arene, (ne,

Quãd on voit forcener aus flos l'ire des cieus,
De vouloir s'attacher à quelque auaricieus.
Quiconque sera tel, ie le pry'qu'il s'en aille,
Ie le quitte vraiment pour la chose qui vaille:
Qu'il s'en voise à plaisir sans pouuoir assoiuer
Son desir alteré, plus souuent abreuuer
Aux sablons redorez de l'opulente Hespaigne,
Qu'il voyage son saoul ou le soleil se baigne:
Ie ne suis vn seul brin souillé de ce desir
L'hõneur tant seulement entretiĕt mon plaisir,
Et fait que l'opposant à toute autre richesse
Ie courtise vn chacun & qu'à tous ie m'adresse,
A fin de m'aquester l'amitié d'vn chacun:
Si ie n'ay pour cela du bien ce m'est tout vn.
Ie cherche mãitenãt à quel Dieu ie veux plaire
Par le simple fredon de ma muse vulgaire,
Car si quelque grãd Dieu ne nous sert de suport,
A peine arriue-ton muses en vostre bord:
Encore n'a cessé l'eternelle ordonnance.
Du iour & de la nuit, & la iuste cadance,
Des poles agités: mesure encor le tour,
Des heures, des momens & des mois, & du iour
Maints coursiers hãnissãs et tãnés de poudriere
Encore bondiront dans la presse guerriere,
Quelque prince naitra dõt les faits orgueilleus
Effaçant la vertu du soldat furieux
Enfant de Thelamon, ou du braue Pelide,
                                        N'aura

N'aura de sa vertu que ma muse pour guide.

D'vne fatale pœur i'entreuois halenant
Ce peuple mygelé, rangé souz le Ponant,
Ie voi souz le François cette plage asseruie,
Qui tient l'extreme coin de la cuite Lybie,
Entre noz escadrons ia deia i'apercois
Treluisãt côme vn Dieu, notre Achille Frãçois
Nostre Achille François, qui par ses destinees
Doit mettre sous le ioug les palmes Idumees.
Ainsi vueillent les Dieus ne borner ta grandeur
Que de tout l'vniuers, & me faire sonneur
De ta gloire naissante, ainsi puissai-ie encore,
L'etre de mon Prelat, mon Prelat que i'honnore!
Et vo⁹ iumelles sœurs sans qui n'est riẽ de dous,
Puisse-ie estre touiours heureux auecques vous.

A PIERRE DE RONSARD
Gentil-homme Vandomois.

ELEGIE. 3.

EN ce pẽdãt (Rõsard) que tu dõnes en proye
Encor vn coup aus Grecs les Pergames de
Ce pẽdãt q̃ Frãcus en depit de Iunon, (Troye,
Connu par les François fait connoistre son nom
Que cherchãt le cõseil d'Andramache sa mere
Il cherche par destin vne terre estrangere,

E

Que mille & mille esprits enuoiez aus enfers
Par la main des Troiens ensenglantët tes vers,
Las en lieu de chanter la colere d'Achille
Qui fit sētir des maus aus Gregois mille & mille
En lieu de rechanter la prise d'Ilion,
Et d'en mettre dehors le ieune Francion,
Iëprüte en mes malheurs les pleurs de Simonide
Et moymesme ie suis l'amoureus Peleide
Qui chante mes combas, ie chante la prison
Et l'ennemi qui sceut surprendre ma raison
Mon ennemi, Rōsard, est facheus & terrible,
Et s'il est, comme on dit, en armes inuincible,
Il est accompagné de cent freres, qui font,
L'embuche dãs les yeux, & l'entreprise au front,
Ie m'estois auisé, affin de m'en deffaire,
De quitter de tout point la place à l'aduersaire,
Mais n'estant assailly luymesme m'assailloit,
Et pour me guarantir la force me failloit.
Ie m'estois retiré au pres de Logistille
Mais en fin ie trouuai ma deffence inutile,
I'estois tousiours vaincu: ie m'estois absenté
Mais tousiours vn penser m'estoit represénté,
    Quiconḡ a faint amour vn Daimō fantastiḡ,
Solitaire, ombrageus, sombre, melancholique,
Il ne le connoissoit, il n'est pas de ceus-là
Qui se tiennent en l'air & volent çà & là,
Il n'est de qualité, ny d'essence diuine,

Il n'est enfant du Ciel, ny fils de la marine,
Il n'est Dieu ne Daimon, ny de genre diuers,
Il n'a veine, ny os, muscle, artere, ny ners,
Ce n'est qu'vn appetit de l'homme qui delaisse,
Choir la guide, & le char de notre ame maitresse
Ce n'est qu'vn petit flus qui coule par les yeux,
Qui faict l'homme gaillard, actif & genereux,
S'on le prēd par raison, & sans le laisser croistre,
S'on le faict aussi tost auorter que de naistre.
Car du cōmencemēt qu'il n'a point de vigueur,
C'est vn simple desir, mais quand vne fureur,
Le viēt à redoubler, cest vne peine extreme (me.
qui trouble nostre esprit & trouble l'amour mes-
S'il estoit vn Daimon, pour luy faire des vœus
Encor' qu'il fut, Ronsard, de nature facheus,
On le pourroit flechir, il nous seroit propice,
S'on luy faisoit present de quelque sacrifice.
Mais qu'ō pāche du laict, qu'ō luy pāche du sāg,
Qu'on mette à son autel cent victimes de rang,
Cēt beufs, & cēt taureaus ce mechāt ne demāde
Que le sang de celuy qui luy porte l'offrende,
I'ay faist brusler cent fois du souffre du laurier,
I'ay pris de l'eau courante afin de m'expier,
Iay faict parler de nuict vne image muette,
I'ay faict tourner cent fois le rōd de la mouette,
I'ay faict mesler du sang de crapaut dās le laict,
I'ay mis du ruban verd tout autour d'vn goblet,

I'ai rompu du gafteau, & au nom de Diane
Inuoquãt par trois fois i'ai brouillé l'ʜɪpomane:
Mais pour auoir, cent fois vne image fiché,
Ce defir qui c'eftoit dans mes vaines caché
Ne fut oncque effacé, & mon mal ne peut oucq̃s
Trouuer allegemẽt des charmes Auerrunques,
Quãd l'amour s'eft faiſt maiſtre, & s'épare du
On ne peut p remede oſter ceſte lãgueur, (cucur
Auãt qu'il viẽne à croiſtre, & q̃ le mal excede
D'vn dieu s'il eſt poſſible il faut prẽdre remede
Et pource on dit qu'Vlyſſ' qui par mille dãgers
Remarqua les façons des hommes eſtrangers,
Quãd Circe aus beaus cheueus, deeſſe biẽ parlãte
Changea diuerſement ſa troupe nonchalãté,
Qu'ayant l'eſprit entier contre elle il ſe guarda,
Et qu'il eut le moly dont Mercure l'ayda.
Auant qu'eſtre (Ronfard) la fable du vulgaire,
Ie deuois aualler vn breuuage contraire,
Auant que voir du tout ma raiſon miſe à bas,
Ie deuois en mon ayde auoir quelque Pallas.
Maintenãt que ie ſuis ſans vigueur, & ſãs force
Et que mon ennemi dedans moy ſe renforce,
Ie ne puis echapper, & ne vois plus comment
On pourroit eſperer la fin de mon tourment.
Attis quand il ſuyuoit la mere Phrygienne,
Et quand Roger aimoit la docte magicienne,
Il eſtoit enchanté, la puiſſance des vers

Luy faiſoit deſirer vn amour ſi diuers.

Apres qu'il fut pourueu de l'anneau de Meliſſe

Et qu'il connut à l'œil la menſonge, & le vice

De celle qu'il aimoit, il s'oſta de priſon,

Et par force il ſen vient au port de la raiſon,

Las! ie ne ſuis pas tel, vne beauté nayfue

En ferme ſeulement, ma liberté captiue,

Ie ne ſuis enchanté, pour me rendre ſubiet.

Comme ce cheualier, de quelque faus obiet.

S'il faut abandonner ma raiſon deſconfite,

Ie le veus bien(Ronſard) car l'obieſt le merite,

Ie me plains ſeulement, qu'vn deſtin inhumain,

Empeſche mon deſir, & me trompe la main.

L'heureus Iaſion eut Ceres endormie,

Et la lune connut ſon berger de Latmie,

Bias iouit en fin la fille de Nelé,

Mais tout l'eſpoir que i'ay c'eſt d'eſtre reculé

De mon intention, quelle peine infernale

D'vn outrageus Tytie à la meſme ſ'egualle?

I'aime ſans eſperer, & pour tout mon confort,

Ie mets deuant mes yeux l'image de la mort.

Voila comment ie vis, ie te pry de m'aprédre,

Quand tu fus amoureus de ta belle Caſſandre,

Par quel ſubtil moien ton mal ſe peut paſſer.

Et quel Daimon Ronſard t'oſta de ſe penſer,

DISCOVRS DE SES

A François S A Y V E Dijonnois.

ÉLEGIE 4.

EN cependant, qu'au riuage d'Amphrise,
D'vn beau discours mon martel ie deguise.
Et qu'auec toy ie deuise comment,
Pour vn bel œil ie fus premierement
Mis hors de moy, que ie ne fais pas conte
De surmonter celle qui me surmonte:
Ie ne vois pas, chetif! que le malheur
Opiniastré à prendre sa vigueur
Me suit de pres, & beauté miserable
De ses deux piés contre terre m'accable
Ie ne voy pas chetif! que le plaisir
Euanouy au beau de mon desir,
Iusques icy vient rabbatre ma veue,
Pour ne pouruoir à l'ame depouruecue:
Ie ne voy pas que serf de mon vouloir,
Ie fuis mon bien pour mon mal reçeuoir
Ainsi voit on la nouuelle vipere
Pour vn desir de soymesme meurtriere,
Ainsi iadis Hercule tu estois,
Et toy Roger, & toy le myrthe Anglois!

Et toutesfois pour vn petit d'espace,
Voſtre Pallas vint reprandre ſa place,
Et comme moy vous ne fuſtes long tams,
Enſorcelez de ces charmes plaiſans.

   Puiſſai-ie auoir quelque Circe puiſſante,
Ou quelque Atlant, qui mes peines enchante,
Et comme à vous me rande la raiſon
Pour me tirer hors de ceſte priſon.
E ſi iamais le beau mal que i'endure
Vous vint au cueur, donnez moy le Mercure,
Et le Moly, qui me puiſſe guerir,
Dieus vous pouuez à mon mal ſecourir.
E quel Nepenth! ma ſaine maladie
Eſt ia deia quelque peu refroidie,
E quel Nepenth! ceſte fiere langueur
Ia Ia deia ſ'enuole de mon cueur,

   Io c'eſt faict, mais helas il me reſte,
Vn plus grand mal, que l'amour, & la peſte,
C'eſt ò bon dieu! l'infame poureté,
Le ſeul iouet de voſtre deité.
C'eſt celle-la qui ſans fin me tormante,
Pour aimer trop la brigade ſçauante,
Qu'à mon malheur voſtre beau Delien
Me mena voir en l'autre Theſpien,
C'eſt celle la qui iamais ne me laiſſe
Pour tout mon bien qu'vne vaine promeſſe,
C'eſt celle-la, qui me repaiſt en vain,

D'vne chanſon, ſans repaiſtre ma fain.
Depuis le iour que ces neuf vierges folles
Me firent voir leurs gentiles carolles,
Et que peu caut, ie me mis dans le rond,
Pour rapporter vn laurier ſur le front:
Iamais depuis ic ne fus à mon aiſe,
Il m'en ſouuient touſiours quelque malaiſe,
M'accompagnoit, ou i'eſtois amoureus,
Ou bien i'eſtois autrement malheureus,

Et iour & nuit, mon ame vagabonde
Voltoit ſans bride, à cent lieux à la ronde,
I'auois touſiours au creus de mon pencer
Le ſon d'vn lut, la vois, & le dancer,
Touſiours ſonjard, & le viſage bleſme,
Ie me faignois quelque bien en moymeſme,
Ou me faiſant plus grand que ie n'eſtois,
En me trompant mon malheur ie flattois.

Rien ne plaiſoit à mon ame incenſee,
Que le diſcours de ſa folle penſee,
Rien ne plaiſoit à mon ame, ſinon
De ſ'achepter par les vers vn beau nom.
Depuis ce iour i'eus en hayne la ville,
Plus me plaiſoient les deſtrois de Sicile,
Que le Palais, là quelques fois ſur l'eau
Ie ramenois ce follaſtre Taureau,
Ce dieu moqueur, qui deſſus ſon echine
Portoit encor' la belle Sidonine.

Là quelquesfois ie faifois echanger
Dedans mes vers, ce taureau menfonger,
En aigle-cigne, ou en flamme liquide,
Ie le menois au fein de l'Afopide.
Là quelquesfois ie chantois le laurier,
Et les amours du Dieu de mon meftier,
Ou plus au vif affollé dedans l'ame,
Ie me plaignois des beaus yeus de madame,
Car en premier feruiteur ie me fis
D'vne beauté, & foudain ie desfis
Son nœu cruel, pour aimer Cyparize,
Qui de mon mal, comme moy, fut eprife.
Ainfi traité à l'amour ie contois,
Ore le bien, or' le mal que i'auois,
Iamais pourtant ma poureté chantee,
Comme mon mal ne fe vit enchantee,
Ains d'autant plus, le cerueau me vuidoit,
La poureté plus poure me rendoit.
Il me prenoit quelquesfois fantafie,
De dire adieu à cette poëfie,
Et de quitter par vn mefme moyen
La poureté pour aprendre du bien.
Mais auffi toft que ie le voulois faire,
I'auois toufiours quelque Daimon contraire,
Qui me tirant d'vne chaine d'aimant,
Me forcenoit en ce forcenemant.
Il me fembloit que mes æfles guindées,

Au plus parfait des plus belles Idees,
Tout d'vn plain saut m'enuolāt iusqu'aus cieus,
Et qu'immortel aßis entre les dieus,
Ie desrobois la cœleste harmonie,
Pour l'assembler auec nostre manie:
Il me sembloit que i'ouiße tousiours
Le bruit meslé des fiffres & tabours
Et des hausbois,& qu'au front de la dance,
Apres Phœbus,qui menoit la cadance,
Mataßinant ie demenois mes pas,
Dançant ainsi,quand ie nē dançois pas,
Ie nourrissois d'vne force secrette,
Ce bel apast qui encor' m'allaicte.

Voila comment trop follement accort,
Ainsi que toy ie me demeure au bord,
O caut Vlys' & qu'encor' ie m'auiande,
Comme les tiens de la sotte friande.

E que ferai-ie,helas! si le destin,
Suiuant l'arrest de mon astre malin,
D'vn pié contraint,me contraint à le suiure!
E que ferai-ie,helas? si ie m'enyure,
Plus ie m'esforce en mon entendement?
Muses en vain ie cherche allegement,
Muses en vain ie cherche l'Anticire,
Si vostre exces de nature s'empire.

I'auois pourtant amorty quelque peu,
Sans y penser,les flambeaus de mon feu,

I'auois desia pour suyure autre fortune,
Fait eclipser vn quartier de ma lune,
Et quelque peu plus rassis que deuant,
I'auois quitté pour me mettre en auaut,
Vostre Helicon, quand ie vins à l'echole,
O changement d'Accurse & de Bartole,
Ie ny fus pas à grand peine trois iours,
Que tout soudain ie vous laisse le cours,
Et l'echangeant aus pucelles d'Homere,
Ie mis au plain ma lune toute entiere,
Plus que deuant amoureus ie deuins,
Et des lauriers, & des chantres diuins,
Plus que deuant mon ame eceruelée,
De ce beau Dieu s'en reuint affollée.

   Et toutesfois cette belle fureur,
Ne me vint pas sinon que d'vn malheur,
Non SAYVE non, ie n'eus cette disgrace,
Pour auoir veu les filles de Parnasse,
Tant seulement ie me vis abbatu,
Pour aimer trop vne belle vertu.
   Ce fut helas ! le recueil fauorable,
D'vn grand seigneur qui me fut dommageable,
Ce fut son œil, & son bel entretien,
Qui me fit tout, & si ne me fit rien.
Quand ce seigneur m'accolant de sa dextre,
M'eut dit ainsi: ie veus faire connoistre,
Mon cher Turrin, que ie prens en soucy,

Voſtre Phœbus & voz muſes auſſi.
Il ne l'eut dit, que i'empoigne l'yuoire,
Et le lunant ie deſcoche ſa gloire,
Plus viuement, qu'on ne voit dedans l'œr
Les traits æſlez des Cyclopes voler:
Plus que deuant ecarté du vulgaire,
Ie fus delors voſtre beau ſecretaire
Seurs à Phœbus,& touſiours auec vous,
Ie fus depuis en la bande des fous:
Comme voz prez,& voz belles vallees,
Sont en tout tams de perles emaillees,
Ainſi touſiours d'vn embleme diuers,
Vous emailliez le printams de mes vers.
Ainſi touſiours dedans voſtre verdure,
Ie detrempois le vif de ma peinture.
Il n'y auoit ny taillis recullé,
Ny lieu ſacré qui me fut recelé,
Il n'y auoit antre, pré ny fontaine,
Ny val fleury,ou le bal ſe demaine,
Faune,ſiluan,ny ſatyre cornu,
— Ny Dieu des bois qui me fut inconnu:
Ie connoiſſois ò ſeurs de Calliope.
Les mieux appris de voſtre belle trope,
Qui mal en point çe rongent le cerueau,
Pour diſtiller quelque ſonge nouueau,
Et qui encor' pour apprendre la fuite.
Sont amaigris apres voſtre pourſuitte.

Ainsi comme eus appris deſſous voz mains,
Ie depouillay les deux chantres Romains,
Et le Gregois, & d'archet & de lyre
Et de chanſons, pour les faire redire
Au lut François auquel rien ie n'appris,
Qu'vn grand ſeigneur qui me tient à meſpris.

Chetif helas! quand i'amenay la muſe,
Des chams Thchains aus chams de Siracuſe!
E quel malheur, quel malheur me tenoit?
L'œil incertain ne voit pas ce qu'il voit,
Ie n'auiſay la ſiniſtre corneille,
Chanter mon mal aupres de mon oreille,
Ie n'auiſay que le pié me trembloit,
E quel Daimon, quel Daimon me troubloit?
Ce iour vrayment S A Y V E fut le cinquieſme,
Et ce iour là le malencontre meſme,
Se deguiſant s'ecoula dedans moy,
L'vn oublieux me manquant de ſa foy,
Mettoit au vant ſa parolle legere,
I'auois touſiours quelque freſche miſere.

C'il qui feignoit me porter dedans l'œil,
Apres auoir euanté le cercueil,
De ces ayeus, & d'vne æſle plus forte,
Guinde aux cieus leur memoire ia morte,
Ne me connoit, & ne veut auionrd'huy,
Que pour vn rien ie me targue de luy,
C'il qui debuoit me ſeruir de Mæcene,

Me secourir, & me mettre hors de peine,
Le seul appuy, & le dous honneur mien,
Ne me veut plus reconnoistre pour sien.
    Encor voicy, pour m'acheuer de peindre,
Quand ie pensois moy-mesme me contraindre,
Et me forcer, affin de paruenir,
Ou de m'aider moy-mesme à l'auenir,
Sans y penser ie vis dessus ma teste,
Glisser encor' ceste vierge moleste,
Qui iusqu'icy rampant dessus noz chefs,
De tout costé nous comble de meschefs,
Par son moyen ie vis SAYVE, ma vie
Presqu'aussi tost que ma muse rauie,
Ce que i'auois & de bon & de beau
Receu en don de ce chaste troupeau,
Fut saccagé ie perdis en vne heure
Auec mon bien ma musique meilleure.
Moy-mesme encor' y fusse demeuré,
Et pour neant Phœbus au crin doré,
M'eut auoué auec toute sa bande,
Si ce grand Dieu qui fait tout, & commande,
Ne m'eut esté Iuppiter le saueur,
Et pour neant, i'auois en ta faueur,
Chanté des vers, au ieu de l'eglantine,
O peuple ingrat, ò Tholose mutine,
Pour le loyer d'auoir chanté ton los,
Tu butinois, & mes vers, & mes os.

Qui conteroit les horribles Furies,
Les cris, les plaints, & les longues furies,
De ceſle nuiĉt, & qui tant de douleurs
Sçauroit au moins egaller de ſes pleurs?
Il conteroit les couleurs de ſa nuë,
Quand le ſoleil de ſa pointe menuе
Fait l'arc en ciel, il conteroit encor'
Les petits yeus marquetez de fin or,
Quand ſous la nuiĉt, ma belle Latoide
D'vn branſle egal, à la dance les guide:
A à malheur, à malheur deſſus toy!
De tous coſtez le ſang iuſte ie voy',
Crier à Dieu, ie le voy' qu'il auance,
Deſſus ton chef ſa cruelle vangeance
Son œil ſubtil qui deuance les ans,
Sans ſe haſter deuance les mechans,
Et ſans tarder, bien que tard il te ſemble
Touſiours le fiel, ſur le fiel il aſſemble.
—Mais que me ſert de diſcourir ailleurs,
Sans diſcourir ſur mes propres malheurs?
Comme les flots & les flots s'entreſuiuent,
Ainſi touſiours les malheurs me pourſuiuent,
S A Y V E, i'ay veu & l'hyuer, & l'eſté,
Ce beau croiſſant douze fois renoute,
Et toutesfois du depuis ie n'eus onques,
Ny vn bon iour, ny bonne heure quelconques.

Voila comment pucelle vous traitez,
Ceus qui beants pres de voz sainctetez,
Suiuent en vain voz traces egarees,
Voila comment pour vous voir adorees,
De tant de fous vous ne faites sentir,
Rien qu'vn dedain, & rien qu'vn repentir.
C'est donc ainsi que pour suiure ton frere,
I'ay dedaignè les conseils de mon pere.
Belle Cleiōn, & que pour voz beaus yeus,
I'ay despandu la moitié de mon mieus,
A a vraimant, pour aprendre ces ruses,
c'est trop musé aupres de vous ò Muses.
A à vraiment Muses c'est trop musé,
Quand à la fin on se voit abusé,
Muses tenez, tenez ceste couronne,
Tenez ce lut, Muses ie le vous donne,
Des maintenant ie vous quitte le ieu,
A Dieu phœbus, Adieu Muses, Adieu.
Gardez pour vous vostre bel heritage,
Quand est de moy, ie veus estre plus sage,
Doresnauant que ie n'ay pas esté,
Gardez pour vous Muses la poureté,
Ie ne veus plus desormais qu'on me picque,
De ces beaus noms reueur & fantastique,
I'aime trop mieus d'vne honneste sueur,
Gaigner ensemble, & le bien, & l'honneur.
Or à Dieu donc, & si quelque etincelle,
     De vostre

De voſtre amour, dans mon cueur ſe decelle,
Doreſnauant ie la veus emploier,
A celle fin, Muſes, de foudroyer,
Voſtre Parnaſſe, & de perdre la ſource,
Qui du cheual prend le nom & la courſe,
   Encependant, afin de n'abuſer,
Ceus qui voudront leur ieuneſſe vſer,
Aupres de vous & qui dedans ceſte onde
Viendront chercher l'vne & l'autre faconde,
Auec ces vers dans l'ecorce taillés,
I'appens icy mes veſtemens mouillés.

   Quiconques ſois qui t'efforce de boire
Dans ce ruiſſeau, ie te pry' de me croire
Retourne t'en, & prens autre chemin,
Si tu ne veus que le meſme venin
Qui me tourna le ſens en frenaiſie,
En vn depit tourne ta fantaſie:
Icy Phœbus & ſes ſeurs ne ſont plus,
Mais au plus creus de ces antres reclus,
Et dans ces bois, icy ſont demeurance
La poureté, le malheur, l'eſperance.

                  F

DE L'AMOVR ET

DV DESPIT.

A Chreſtienne de Baiſſey Damoiſelle de Saillant.

ELEGIE. 5.

Tout ce qu'on voit par ordre dans les cieus,
Prand mouuement d'vn accort amoureus,
Les elemens ſ'entretiennent enſemble,
Le froid au chaut & l'humide ſ'aſſemble
Parmy le ſec on voit entremeſler,
L'ær dans la terre, & la terre dans l'ær,
Auſſi nature eſt touſiours reparee,
Des beaus preſens de Venus la dorée.

Ceſte Venus a pouuoir d'enflammer,
Tous les poiſſons qui viuent en la mer,
Tous les oiſeaus, les hommes & les beſtes,
Meſmes ce dieu qui iette les tempeſtes,
D'vne contrainte amoureuſe domté,
A quelquesfois quitté ſa maieſté.

Vne ſans plus Diane aime-ſagette,
Auec Pallas ſa puiſſance reiette,
A toutes deus, ont eſté inconnus,
Iuſques icy les effets de Venus,

Vouſ-meſme encor' qui portes ſur la face,
La gentilleſſe, & l'honneur, & la grace,
Vous qui cachez dans les yeus mille attrais,
Ainçois pluſtoſt des amours plains de trais,

Bien que le ciel vous eut faitte & formée,
Pour bien aimer, pour estre bien aimee,
Vous de daignez Venus & son enfant,
Et pour m'aimer vostre cueur se deffand.

   Or ce qui fait, que la chaste Minerue
Ainsi que vous, de l'amour se preserue,
Cela qui fait que Venus n'a soumis,
Dessous ses loix, la pucelle Artemis,
C'est le trauail, l'vne aime la bataille,
L'autre au matin à la chasse trauaille,
L'vne conduit au camp des Chenaliers,
L'autre aux forets desarme les sangliers.
L'vne sans peur de sa targue repousse,
Ses ennemis, l'autre porte vne trousse
Plaine de trais, & tient dedans ses mains,
Vn arc d'argent, pour la chasse des dains.

   Vous ne prenez vn semblable exercice,
Mais en repos vous maitrissez le vice,
vous n'auez soing comme ceste Pallas,
L'armet en teste, & l'escu dans le bras,
De mettre en rang, les peuples d'vne armée,
Ains sainctement à la gloire animée,
Comme il vous plaist, ou en prose, ou en vers,
Vous discourez des changemens diuers.
Ainsi voit on Calliope, ou Thalie
Toute pensiue au bord de Thessalie,
Pincer vn lut, & songer des accors,

Pour y chanter les hommes preus, & fors.

  Et toutesfois, quoy que voſtre prudance
Domte l'amour, & face reſiſtancɇ,
A l'appetit ie ſay que vous prenés
Pitié des cœurs qui ſont paſſionneʒ:
Si l'on deſcouure aupres de vous ſa plainte,
S'on vous diſcourt d'amour, & de ſa crainte,
Du ferme eſpoir ou des deſeſperés.
Vous nous plaignés & vous nous aſſeurés.

  Les amoureus vont au temple d'Erice,
Et pour affin que Venus ſoit propice,
Sur ſon autel ils mettent des ſenteurs,
Des romarins, ou des chappeaus de fleurs:
Quand ie voudray qu'amour me ſoit proſpere,
Ie veus ſans plus vous faire vne priere,
Car des lon tams la blanche chaſteté,
Deſſous voʒ mains le detient arreſté,

  Mais maintenãt puis qu'il faut que ie chăte,
D'vne voix haute à l'autre differente,
Ie vous diray comme amour eſt changé
En vn deſpit, quand on eſt outragé.

  Venus (dit on) eſt vne grand deeſſɇ
Qui s'accompagne auecque la ieuneſſe,
Auec les ieus, les graces, les plaiſirs,
Et les amours qui tentent noʒ deſirs.
Ceſte Venus auoit par ces cautelles,
Conioint ſouuent à noʒ femmes mortelles,

Les dieus d'enhaut Iuppiter fut faché,
Qu'à l'auenir il luy fut reproché,
D'auoir ainsi sa grandeur abbaissée,
Pource à Venus, il mit en la pensée,
La douce amour d'Anchise, qui garda
Long tams ses bœufs dessus le mont Ida.

   Anchise estoit vn garçon bien aimable,
Aus immortels de face tout semblable,
Tout aussi tost que Venus l'apperceut,
Dedans son cueur soudain elle conceut
Vn grand brasier, & son ame surprise
S'euanouit aus yeus de son Anchise:
Vn peu apres, sans chercher le repos,
Ell' vint en Cypre, & de Cypre à Pafos,

   Là en son nom s'eleue vne chappelle,
Où l'amaranthe à la fleur immortelle
Est consacré: la voute est de cristal,
Et le lambris est d'asur & d'esmail.

   Dedans ce temple estant seule enfermee,
Les graces ont d'vne huille perfumee,
Oint tout son corps, & son chef deslié,
Fut affublé d'vn voile bien plié.
Quand elle fut d'vn sandale coiffée,
Entour son chef de roses attifée,
Qu'ell' eut troussé d'vn agrafe d'orfin,
Iusqu'au genous, vn surcot de fin lin,

   Alors laissant son isle bien fleurante,

                F   iij

Et son Palais, Venus la souriante
Incontinent fit vers Troye voler,
Ses passereaus, & ses Cignes par l'ær.

Elle paruient ou son desir la meine,
Au mont Idé abondant en fontaine,
Les chiens, les ours, les Pantheres, qui font
La guerre aux cerfs auec elle s'en vont.

Anchise estant pensif, & solitaire
Sonnoit sa flute au fond de son repaire,
En cependant que les autres bouuiers
Suiuent de pres leurs bestes aux pas quiers.

Alors Venus c'est à luy presentée,
En la façon d'vne vierge indomtee,
Elle l'auoit, pour ne le mettre en peur
A l'aborder, pris la mesme grandeur,
D'vne pucelle alors qu'elle commence,
Sur les quinze ans, à s'enfler de semance,

En la voiant Anchise epouuanté,
Miroit en soy sa forme & sa beauté.

Vn crespe d'or pendoit dessous son voile,
Vn gros carquan luisoit comme vne estoille
Dedans son col, les perles les rubis
Ainsi que feu flamboint dans ces habis.

Desia l'amour le commencoit à prendre,
Dieu gard (dit il) Reine, qui te viens randre
En mon logis, ou quelconque tu sois,
Deesse au ciel, ou deesse en ces bois,

Pallas,venus,ou Themis,ou Latone,
Ton mouuement n'est d'humaine personne,
Quand tu serois vne grace aux beaus yeus,
Les graces sont les compaignes des dieus.

   Soit que tu sois vne Nymphe au pié-vitte,
Qui pour plaisir les fontaines habite,
En ton honneur ie veus faire vn autel
Dessus ce mont,& par vœu solennel,
Quand ie priray Ceres bien coronnée,
I'y chomeray ta feste chaque année,
Sage deesse apprends moy les moyens,
Tant seulement de viure èntre les miens,
Plain de vertu,plein d'honneur & de grace,
Fais apres moy fleurissante ma race,
Fais qu'vn long tams,ie puisse bienheureus
Voir les rayons du soleil luire aus cieus,
Que ie paruienne au bord de la viellesse,
Sans eprouuer la fortune traitresse.

   Sur ce propos venus ainsi respond.
O bien heureus sur les hommes qui sont
Nés icy bas,ie te pry' ne m'appelle
Nymphe , ou deesse,estant fille mortelle.

   Otré le Roy des peuples Phrigiens,
Riche en auoir,en cheuaus,& en biens,
Estoit mon pere,il me fit en bas aage
Nourrir icy,pour sçauoir le langage,

   L'autre des iours qu'à la dance i'estois,

                    F   iiij

Auec Diane & les Nymphes des bois,
Que ie m'eſtois de roſes bien parée,
Le Dieu Mercure à la verge dorée,
Me ſouleua, pour m'emmener icy,
Il me diſoit que ie n'euſſe ſoucy,
De mes parens, que l'on m'auoit promiſe,
Tendre pucelle, à femme pour Anchiſe,
Et que de luy par le deſtin i'aurois
Des beaus enfans qui deuoient eſtre Rois.

  Ie te ſupply par ton pere & ta mere,
Par Iuppiter des dieus le Roy, & pere,
Auant qu'oſer entreprandre ſur moy,
Des maintenant me conduire auec toy,
Chez tes parens, pour eſtre fiancée,
Encor' pucelle, & ſimple, & mal ruſée.
Au fait d'amour incontinent apres,
I'enuoieray vn homme tout expres,
Deuers ma mere, affin qu'elle t'enuoye,
Des veſtemens tiſſus d'or, & de ſoye.

  Diſant ainſi vn deſir luy coula,
Dedans les os: puis Anchiſe parla,
En la façon, ſi mortelle eſt ta mere,
Et ſi le Roy des Phriges eſt ton pere,
Comme tu dis ſi la neceſſité,
Pour me trouuer força ta volonté,
Tant que mon corps ſe lira dedans l'ame,
Tu me ſeras pour epouſe & pour femme,

Mais ce pendant les hommes, ny les dieus
N'empescheront mon debuoir amoureus.
Quand Appollon, de sa main despitée
Auroit sur moy, vne fleche iettée
Pour me tuer, ie ne refuse pas
En te baisant de descendre la bas.

  Parlant ainsi, il la baise en la bouche,
Puis tout soudain il monte sur la couche,
Et luy ostant ses vestemens luisans,
Ses chaines d'or, ses perles, ses carquans,
Son attiffet, son voile, & sa dorure:
Il luy rompit le nœu de la ceincture.

  En cependant que le somme plus dous
Tient ses amans. Nemesis aus pies-mouls
Va trouuer Mars, & pensant le distraire
De sa Venus, luy conte tout l'affaire
(Ceste Deesse à tout le monde nuit
Seur de la parque, & fille de la nuict)

  Mars (disoit elle) outrageus, plain d'audace,
Puissant au ciel, & puissant en la Thrace,
Puis que Venus t'a fait ce mauuais tour,
Suys le despit, & change ton amour.
L'iniure est grande, & douce est la vangeance
Mesme en amour, qui vient de quelque offence.
Las!. s'il te plaist desormais, de m'auoir
Pour seule amie & mon cueur reçeuoir
Ie t'aimerai d'asseurance immuable

Car ma nature à la tienne est semblable.
  Auec ces mots, son chef elle baissa,
Et dessous luy doucement se glissa.
  Incontinent Mars sentit dedans l'ame
En lieu d'amour vn dedain de sa dame,
Tel il estoit quand aus chams Phlegreans,
Il repoussa, l'audace des Geans,
Tel qu'on le voit, quand au front de sa bande
La picque au poing, tout colere il commande,
Tel il estoit, son sourcy renfrongné,
Monstroit asses qu'on l'auoit indigné,
Des ce iour là, il retint pour amie
Auecque soy, Nemesis & l'enuie.
  Neuf mois apres, ceste vierge luy fit
Vn fils aisné, qu'on nomma le despit,
Depuis encor' il eut d'elle vne fille,
Qu'on applla la superbe Erisile.
  Le despit fut vn monstre contrefaict,
L'œil en fonçé, transi, pasle, defaist
Par le visage il sechoit de colere
  Et son bras droit s'armoit d'vne vipere,
Sa sœur auoit le visage flambant,
Comme la lune ou comme, l'astre ardant
Du Syrien, sa grandeur de corsage
Sembloit à voir vn grand chesne sauuage
Qu'on voit de loin planté dessus vn mont,
Et qui deia par les ans se corromt.

Incontinant qu'ils furent nés au monde
Mars fit tourner sa sphære vagabonde
Vers Iuppiter, & plus bas que ses flancs,
Il fit marcher deuant luy ses enfans.
Pere (dict il) si ta race est la mienne,
Si quelquesfois la molle Pasienne
Blessa ton cueur, donne moy si te plaist,
Pour me vanger du tort qu'elle m'a faict,
Que mes enfans soint tousiours auec elle,
Que le chagrin, la noise, la querelle
Les faux rappors l'accompaignent tousiours
Meslés ensemble auecque ses amours,
    On dict qu'alors Iuppiter de sa teste,
Branslant l'Olympe, accorda sa requeste,
Qu'il le iura, que la sage Themis
Rattiffia ce qu'il auoit promis.
Ainsi par tout ou Venus s'achemine
Cypre, Amathunte, Eryce, ou Salamine
Le grand despit, qu'Erisile conduict,
Comme vn Daimon pour mal faire, la suict.
    Ce monstre infaict bien souuent se deguise
D'vn beau maintien couuert de la feintise,
Il est subtil, & trainant ses genous
Dessus noz chefz, il s'ecoule dans nous
Plus dous que miel, il aigrit les courages,
Et la raison des hommes les plus sages,
Ce fier depit d'vn vouloir obstiné,

Perdit iadis Hippolit deus fois né,
Il fit mourir les enfans de Terée,
Il fit laisser vne Vierge epleuree
Au bord de mer, il meēt tragiquement
Dans vne scæne vn miserable amant
Pour se tuer, ce despit importune
Pour se vanger les enfers, & la lune:
Comme lon voit par les grandes chaleurs,
Que le soleil nourri de trop d'humeurs
Corront nostre ær, qu'il eslance les pestes
La pleuresie, & les fiebures molestes.
Quand en amour on faiēt trop de debuoir
Qu'on ne vit pas dans vn mesme vouloir,
Qu'en lieu d'amour, en lieu de seruitude
On est payé de quelque ingratitude,
Le despit naist, & le cueur genereus
Pour vn despit ne veut estre amoureus.

Ie te supply souueraine Deesse
Rhannusienne Adraste, & vangeresse
Punis bien tost d'vn horrible tormant
Le mechant tour qu'on me faiēt en aimant,
Fais qu'à tous deux ces nopces soient fatales,
Fais eclairer les torches infernales,
Affin qu'ils soient d'eus mesmes sacagez,
Et que leurs fils deuiennent enragez.

LIVRE DES SONETS
AMOVREVX DE CLAVDE
Turrin dijonnois.

SONET PREMIER.

AV parauant que voſtre beau viſage
Voſtre œil vaïqueur, voſtre hõneſte
maintien,
Eut eſclaué tout ce qu'il n'eſt pl°miĕ
Ie viuois franc, & n'eſtois en ſeruage.
Mais des le tams que ie vins faire hommage,
Dé ma franchiſe au ieune Idalien,
Mon cueur fut pris d'vn ſi ferme lien
Qu'encor chez vous il eſt reſté pour gage.
Quand pres de vous languiſſant doucement
Ie me paiſſois d'vn long contentement,
A remirer voſtre etoille meurtriere
Ce fut alors que le vainqueur des Dieus
Sucçant bien dous l'alambiq' de mes yeus
Vint eſclauer mon ame priſonniere.

SONET. 2.

IAia deia ceste belle courriere
   Brilloit au ciel d'vn bel œil argenté,
Lors que premier ie vis ceste beauté,
   Qui faisoit honte ò Lune à ta lumiere.
Ce fut alors que ceste douce fiere
   Silla mes yeus d'vne belle clarté,
   Ce fut alors qu'au seuil ie me hurte
Tesmoin futur de toute ma misere.
I'estois deia secrettement troublé
   Et sous l'erreur de mon sans ennuble,
   Ie fus surpris sans m'en prendre de garde,
Qu'eusse-ie fait? eussai-ie resisté,
   Eusse-ie pris le fort de sa beauté,
S'amour estoit son archer de la garde?

SONET. 3.

NOn autrement qu'estoit l'honneur meslé
   Des Elemens, auant que la nature
Eusse rangé ceste lourde brouilleure
Sans art, sans forme, en vn ventre brouillé.
Et tel aussi qu'estant tout demeslé
   Ce lourd cahos, l'amitié sainte & pure
   D'vn meilleur ordre, attacha la ceinture
Du viel Neptune & de l'arc estoillè.

Ainſin eſtant comme en vn petit monde
Les qualités de mon humeur feconde
Dans mon cahos miſe confuſement
Ie ne pouuois eclarcir ce meſlange,
Si quelque Dieu ne m'eut premierement
Ouuert le pas par le raion d'vn Ange,

SONET. 4.

Omme Iadis le plus petit Atride
C   Pour n'auoir pas du tout paié les Dieus
Qui veulent bieu qu'on ce ſouuienne d'eus
Fut detenu au bord du Phare humide.
Quand deueſtu de conſeil, & de guide
Pour demarer du Nil impetueus,
Il eut ſoudain, comme venu des Cieus
Le ſaint conſeil de la Nymphe prothide
Ainſi i'eſtois fantaſiant touſiours,
Comme on pourroit appaiſer le diſcours
De mes eſpritz qui combattoient enſemble:
Quand tout ainſi que le viellard Marin,
Aida le Grec pour appaiſer Iuppin
Voſtre beauté tout ſoudain me les emble.

SONET. 5.

Epuis qu'amour dedans voz yeux, ò belle
D   Fut embuché, ce cauteleus Archer

Plus dextrement apprit à decocher
 Le trait meurtrier, qui le cueur m'epointelle
Il n'aime plus sa seneſtre mortelle,
 D'vn arc turquois ains s'il me veut facher,
 Dedans voz yeux en ſe venant cacher:
 Il m'occira d'vne ſeule eſtincelle,
 Quand ça & la vous demenés voz yeux,
 Incontinant ce ieune audacieus
 Forge ſes traits d'vn œillade traitreſſe.
Plus mille & mille il en va martirant,
 Gardez vous bien, auſſi qu'en vous mirant
 Sans y penſer vous meſme il ne vous bleſſe.

SONET. 6.

CEluy qu'vne amitié d'vne certaine foy
 attache en ãlque lieu qu'ardãtemẽt il aime
Ne vit pas dedans ſoy, il vit hors de ſoymeſme
Et ne peut ſe garder qu'il ne ſoit hors de ſoy,
Maitreſſe en vous voiãt, maintenãt ie le voy,
 Ie tins en vous aimant l'epreuue de ſoymeſme,
 Car la plº part du tãs me ſentãt froit & bleſme
 Ie ne ſçay bonnement ſi ie ſuis dedans moy.
Comme tout eſtonnè ie repenſe & repenſe,
 Quel hõme ie puis eſtre & lors q̃ ie m'auance,
 Ie ne me puis bouger, ains comme demy mort
Ie ſens que mon eſprit pres de voz yeus voiage?

                                          Et

Et qu'il vit dedãs vo°, mais qu'il pert le courage
Quand ne vous voiãt point il lasche son effort.

SONET. 7.

DOnne moy trois baisers, donne m'en quin-
    ze ou seize,
Ou me baille plustost vn baiser qui soit lon,
Tu seras mes amours, ie seray ton Colom,
M'amonr en te baisãt tout mõ mal se rappaise
Baille les mes amours, baille les tout à laise
Non pas comme Diane à son frere Appollon,
Baise moy donc m'amour, & me baise selon,
Mes amours baise moy selon que ie te baise.
Hà bon dieu mon esprit abandonne mon cors,
Tu m'as de ce baiser tiré l'ame dehors.
M'amour rebaise moy pour reprandre la tïene
Hà baiser plain de sucre & de musque, ie sans,
Ne sçay quelle liqueur qui conforte mes sans
M'amour te veus garder tõ ame pour la miene.

SONET. 8.

BAise moy mes amours, mon œil ma Colõbelle
Baise moy s'il te plaist, m'amour en te baisãt
Ie sãs dedãs mes os vn brasier vn dous-cuisant
Ton baiser est tout plain de sucre & de canelle:

G

Ie sans que mon esprit veut reprendre son æsle,
Qui fretille dans moy, & qu'il se va haulsant,
Il croit que ton baiser est asses, suffisant
Pour luy faire reuoir la beauté la plus belle.
M'amour ie te suply', deffen luy de partir,
Baise moy si serré qu'il ne puisse sortir,
Ie vis en te baisant vne æternelle vie,
On ne trouueroit pas au ciel tant de douceurs:
Vn baiser tout côfit de musque & de senteurs,
Et plus dous que Nectar, plus dous que l'Am-
broʃie.

SONET 9.   (che.

QVãd ie vo° veus baiser vo° faites la farou-
        Et me dites touʃiours q̃ ie suis importũ,
Si ie le suis maitreʃʃe, & bien ce m'eʃt tout vn,
Au moins i'ay le plaiʃir de baiser voʃtre bouche
Vraiment l'homme eʃt groʃʃier, & plus lourd
    qu'vne souche,
Qui veut faire l'amour sans auoir biĕ aucun,
Le baiʃer qui eʃt chaʃte eʃt le gage cõmun (che.
Que peut bailler l'amourquãd le cœur il no° tou
Vous ne plaignés le mal qu'õ porte en vo° aimãt
Et vo⁹ plaignés, maitreʃʃe, vu baiʃer seulemĕt
Qui n'eʃt rien toutesfois aupris de mõ malaiʃe
Mais non ʃi ie vous suis peut eʃtre deplaiʃant:
Pour vous vãger de moy, dites que ie vo° baiʃe
Et ie mourrai bien toʃt maitreʃʃe en vo⁹ baiʃãt.

SONET. 10.

HIer en me ionant, l'amoureuſe Cypris
　Me fit prādre vn baiſer de vo⁹ àl'auēture
Ce baiſer me ſembla plus dous que confiture,
Il me ſēbla pl⁹ dous que muſque & qu'ābre gris
Ce baiſer vn long tams conforta mes eſpris,
　Mais depuis ie ſenty ne ſçay quelle piqueure,
　Qui me fit ſupporter vne peine plus dure
Que n'eſtoit ſauoureus le baiſer que ie pris.
Depuis i'ay touſiours eu vn extreme martyre:
　Car ce mechāt amour iour & nuiĉt me dechire
Et pour auoir baiſé ie demeure confus,
Las! pour voſtre deſpit, ce baiſer me ſēble ore',
Plus triſte qu'aloés, plus amer qu'ellebore,
Mais pour ne vous facher ie ne baiſeray plus.

SONET 11.

POur bien baiſer, M'amour il ne faut pas
　Toſter ſi toſt, mais il faut que tu tienne,
Vn bien long tams ta bouche ſur la mienne,
Et que my mort i'attende le treſpas.
Ces baiſers cours, ne ſeruent que d'appas.
　Il faut M'amour qu'vn baiſer s'entretienue.
　Il les faut donc tels que l'Idalienne
Les donne à Mars au retour des Combas.

　　　　　　　　G ij

Or sus m'amour, or sus doncques demeure,
Tien dessur moy, ta bouche plus d'vne heure,
Puis si ie fais semblant de me mourir,
S'entre tes bras eperdu ie me pame,
Resoufle moy d'vn autre baiser l'ame,
D'vn seul baiser tu me pourras guerir.

SONET. 12.

LOrs qu'en serrant estroictement, Madame
Ie renfrechis mon penser tousiours vert,
Et qu'en baisant d'vn baiser entrouuert
Ie vais ceuillant les roses de mon ame,
Soudain ie meurs, ie reuis ie me pasme
Tout mon esprit dans mes leures se perd,
Ie sens couler par le chemin ouuert
De noz esprits, vne sutile flame,
Si son baiser plus longuement duroit,
Incontinant mon ame s'en iroit
Aimant par trop vne beauté mortelle.
Car bien souuent tant soit peu que ie sois,
Pour la baiser seulement vne fois,
Ie meurs dans moy, & ie vis dedans elle,

SONET 13.

IE ne veux plus aimer vne ingrate maitreſſe
   Pour me voir à la fin iniuſtement traité,
Ie ne veus plus aimer pour eſtre deſpité,
Et pour n'auoir au cueur qu'vne amere triſteſſe.
Si i'aime deſormais Venus belle Deeſſe
   Dōne moy quelque obiet tout plain de cruauté,
Si i'aime deſormais que ie ſois tranſporté
   Et que ſans eſperer ie languiſſe en deſtreſſe.
Quand l'amour ſeroit bon ie ſuis tellement né,
   Que touſiours en amour ie ſuis infortuné
Et plus ie ſuis entier, & plus ie ſuis fidelle
Plus on ſe rit de moy, le plus grand creue-cueur
Et plus ſeur argument que i'ay de mō malheur
C'eſt que madame eſt fiere & ſ'elle neſt pas belle

SONET. 14

IL fait bon(ce dit on) il fait bon eſtre ſage
   Aus deſpans de l'autruy: l'homme mal auiſé,
Ainſi comme lon dit ne peut eſtre ruſé
S'il n'a premieremēt porté quelque dommage.
Libre de paiſſions & tout franc de courage
   I'allois le front hauſſe ſans eſtre maitriſé,
Quand preſque en vn momēt ie me vis deguiſé
Ainſi comme Acteon en figure ſauuage,

                  G iij

Ie n'eus pas si tost veu sur la croupe d'vn mont,
Vn beau front argenté reluire en demyrond,
Que ie vis aussi tost vne beste elançée
Tomber pres de ces piés, & rendre les abois,
Si tost que ie la vis dechirer ie m'en vois
Car deia lon auoit ma corne menacée.

SONET 15.

Voy ie te pry comment amour chāge de chāce
Cōme il tourne en vn coup & l'heur & le
malheur,
Tu seruois la beauté dont i'estois seruiteur
Nous auions mesme foy, & mesme conscience,
Tu pensois estre aimé. I'auois mesme fiance
Mais cependant (Maillard) vn autre est le
vainqueur,   (cueur
Et tous deus nous n'auons qu'vn regret dans le
Qui nous apprend tous deux ꝗ cest dé patiēce.
Pour auoir quelque tams en France voiagé
Tu n'as changé de cueur, le mien ne s'est chāgé
Pour auoir changé d'ær, ou chāgé de demeure
Le plus grand bien (Maillard) que i'ay de cest
Amour,
C'est que ie desaprens à languir de seiour,
Et ꝗ s'il faut aimer ie n'aime pl° d'vne heure.

SONET. 16.

I'Eſtois ioyeus, or ie ſuis en triſteſſe,
    Mais pour cela ie n'ay moins de plaiſir,
Car au penſer ie fonde mon deſir,
Et mon deſir eſt pour vne Deeſſe.
Icy l'orgueil, icy la gentilleſſe,
    Icy le bien, icy le deplaiſir,
Ie porte l'vn & l'autre, ſans choiſir
Lequel des deus me guerit ou me bleſſe.
Ie ne ſçaurois accroiſtre mon honneur,
    Vſes du bien, vſes de la rigueur
Et vous Madame, & vous Dame fortune,
Soit que ie meure, ou languiſſe pour vaus
    Le ſouuenir de mon mal eſt ſi dous
Qu'vn plus gentil n'eſt point deſſous la lune.

SONET 17.

IE ſerois deia mort, & mon ame eblouie
    Quiteroit le flambeau, qui nous dore le iour
Ie ne ferois au monde vn moment de ſeiour
Pour eſtre ſeparé de mon Ende-lechie,
Si lors que dans les yeus iay la mort, & la vie,
Et que parmy le ciel Diane fait ſon tour,
Vn Daimõ fantaſtique ioint auecque l'amour
N'ecouloit mes penſers par vne fantaiſie.

G ÿi

Ie vois, ce m'est aduis l'idole que tu sçais,
 Ie vois dedãs mes yeus mille & mille portrais,
 Ie vois mille Daimõs qui me mõstrẽt sa gloire
Deia ie me flechis pour luy baiser la main
 Mais quãd ie veus (Pastey) luy tatõner le sein
 Son Idole s'enfuit par la porte d'yuoire.

SONET. 18.

ME blame qui voudra pour estre trop hon-
   neste,
 Me blame qui voudra si i'aime la beauté
 Qui porte dans les yeus & la pudicité
Et coniointe à l'honneur vne grace modeste.
 Admire qui voudra l'audace deshonneste,
 Et le parler friant d'vne impudicité,
 Ie ne sçaurois aimer ny ce fard emprunté
 Ny ces cheueus trousses au sommet de la teste.
Ie reçois plus de bien de mon simple penser
 Que de voir l'Angelique, ou Lucrece dancer,
 Ie reçois plus de bien à viure fantastique.
 Que pour faire l'amour en diuerses façons
 Apprendre la posture en mille liaisons
Et repaistre mes yeus au fard de veronique.

SONET. 19,

CEs deus beaus yeus qui me bleſſent en ſorte,
  Que ſans le iuſt des herbes preſſurer,
Et ſans les vers, ils peuuent aſſeurer,
Le coup mortel que dans l'ame ie porte.
M'ont empeſché d'vne chaine ſi forte,
  Qu'vn ſeul penſer me fait rire & pleurer,
De ce penſer ie ne me puis tirer,
  Mais ce penſer touſiours l'ame m'emporte,
Las! ſont ces yeus, ces yeus qui me defont,
  Sont ces beaus yeus qui coronnent le front,
De mon tiran, & meinent ſon empriſe,
Sont ces beaus yeus qui me percent le flanc,
Sont ces beaus yeus qui me tirent au blanc,
Sont ces beaus yeus ou mes peines i'auiſe.

SONET, 20.

CE bel œil qui me mit vn vlcere incurable,
  Au fonds de l'eſtomach, & qui ſe fit
    vainqueur,
De mes affections, c'eſt ſaiſi de mon cueur,
Et me fait quãd il veut heureux & miſerable.
Encor' qu'il ſoit, maitreſſe, à l'autre tout ſem-
    blable,
Si n'eſt-il pas pourtant ſemblable de vigueur,

L'vn garde le plaisir, & l'autre la rigueur,
Si l'un m'est rigoureus l'autre m'est fauorable,
Amour qui fait le guet dans le noir, & le blanc,
De l'vn de vos beaus yeus, me tire droit au flic
L'autre pour me guerir me presante remede.
Amour en vn moment me defait & refait,
L'vn me vient au secours & l'autre me defait,
Mais Iane cest amour ne peut RIEN SANS
TON AYDE.

SONET 21,

P Leurez mes yeus & faites compaignie,
  Au triste cueur qui porte le peché,
Pleurés mes yeus il faut estre faché
Plus qu'en l'autruy de sa propre follie,
Par vous amour a sa place choisie,
  Ou maintenant il demeure caché,
  Par vous mes yeus le cueur fut empesché,
  Par vous aussi ie deteste ma vie,
Mais vous plustost (me repondent les yeus)
  De vostre mal vous fustes desireus
  Lors que premier vous connustes madame,
Voila comment le sans est imperfait,
  Souuant celuy qui n'a fait le mesait,
  En boit la honte, & supporte le blame,

SONET 22.

DEa mon petit cueur ne prenés deformais
A mespris & dedain les vers q̃ ie foupire,
Vous feule eftes l'obiet pour lequel ie defire.
Toutesfois ma douleur ne f'appaife iamais.
I'ay toufiours biẽ aimé, & ie veus tonfiours mais
Aimer ces deus beaus yeux ou l'amour fe retire,
Et pour me retirer d'vn fi plaifant martire,
Ie ne veus echaper du mal, où ie me plais.
Donque fi par malheur & par ma deftinée,
L'heure de mon deftin n'eft encor' bornée,
Pardonnés f'il vous plaift au poure cueur laffé
Toutesfois fi l'amour, & le deftin contraire,
S'effaye peu à peu à l'ennuy me defaire.
Dechargés moy du fais qui me tient oppreffé.

SONET 23.

IE me monftre hardy & toutesfois le cueur,
M'eft tombé iufqu'au pieds, ie crain, i'ay
　　affeurance,
Ie me fie en moymefme, & n'ay point de fiance,
Ie ne doute de rien & fi n'ay rien de feur.
Ie fuis bien fortuné & fi n'ay que malheur,
I'efpere en mes trauaus, & n'ay point d'efpe-
rance.

I'ay le don de mercy,& n'ay point iouiſſance,
Ie ſuis braue & vaillant,& ſi tramble de peur.
Ie n'ay rien que faueurs,& ſi ſuis en diſgrace,
Ie tranſis dans le feu,ie bruſle dans la glace,
Ie meurs & ſi ie vis,ie ſuis franc.& forçaire,
Ie n'ay ſoucy de rien,& ſi ie n'ay que ſoin,
Ie ſuis pres de mon but & ſi i'en ſuis bien loin,
Et bref ie ſuis tout tel comme Amour me veut
faire.

SONET. 24,

SI ſon regard ſeulement me deſtruit,
    Par l'emblement d'vne parolle accorte,
S'amour ſur moy la fait meſme ſi forte,
Quand elle parle ou quand elle ſourit.
Las!que ſera-ce,ou ſi par le depit,
Ou par malheur,ſes yeus elle tranſporte
Loin de mercy? ſi que de mon cueur ſorte,
L'eſpoir de mort où ſon œil me conduit.
Si ie tranſis,ſi i'ay l'ame gelee,
    Quand ie la vois ou penſiue ou troublee,
Cela me vient d'eſtre experimenté,
Ie le ſçay bien la femme eſt inconſtante,
    Son amitié en peu de tams s'cuante,
Et ſon vouloir n'eſt iamais arreſté.

SONET 25.

PLeut à Dieu, Depontouls, qu'ores les repu-
bliques
Ne serrant rien à part vousissent s'estranger
Bien loin de l'auarice, & du tout echanger
L'ambition aux loix des citez Platoniques.
On verroit, Depontouls noz affaires publiques
Ne serrāt rien à part beaucoup mieus se rāger
Et ces mots tien, & mien, si souuant n'engager
Le François au Tuscan par dix mille pratiques.
Mais ie ne voudrois pas Depontouls seulemēt,
Qu'on departit à tous le bien egalement,
Et que le bien commun fut la seule richesse.
Bien voudroi-ie sur tout voir la communauté
Des femmes de Platon, affin que ma deesse,
Voulut vser vers moy de quelque priuauté,

SONET. 26.

QV'ai-ie dit, Depontouls? à ie ne voudrois pas
Que pour le vain espoir d'vne chose in-
certaine,
Ie visse à tous venās ma maitresse inhumaine,
Prester honnestement les amoureus combas,
Dieus que me seruiroit apres tout le soulas,
De ceus qui m'osteroient le loier de ma peine.

Embraſſer quelque tams ma toute ſouueraine,
Et puis qu'un autre apres me l'oſta de mes bras,
Si Platon (Depontous) viuoit, & que la femme,
Fut commune à chacun, ie voudrois pour Ma-
dame
Auoir vn priuilege, & tout ſeul l'aller voir.
Car peu ſouuent l'amour vn compagnon deſire,
I'aime dõc mieus tout ſeul ẽdurer mõ martire,
Et tout ſeul eſperer de mon labeur l'eſpoir.

SONET 27.

S I *tu as rien appris, & ſi tu ne m'oublie*
Cependant que tu vois le ciel Italien,
Le Goulx ie te ſupply' donne moy le moyen,
Qui puiſſe alambiquer l'honneur de ma follie,
I'ay couru comme toy le ciel de l'Italie,
Mais repaſſant les monts ie ſentois auſſi bien
Mon mal comme ie fais, & ie ne ſuis en rien
Allegé iuſqu'icy de ceſte frenaiſie.
Que ferai-ie? mon mal s'accroit de iour en iour?
Si changant de contree on ne change d'amour,
Quelque eſpoir puis-ie auoir? Le Goulx ſi tu ne
m'ayde.
Ie ſuis deſeſperé, & pour me depeſcher,
Ie me ietteray bas du feſte d'vn rocher,
La fureur que ie ſans n'a poĩt d'autre remede.

SONET 28.

(drelle

AMour m'a mis ainſi qu'vn blanc de ſa qua-
  Comme neige au ſoleil, & cõme cire au feu,
Cõme la nue au vãt, mais il voꝰ chaut biẽ peu,
Quand mercy ie demande à ma peine cruelle,
De voſtre œil ſeulement vint la playe mortelle,
Contre qui ne vaut rien ny le tams ny le lieu,
De vous (& toutesfois vous le tenez à ieu)
Viẽt le ſoleil, l'ardeur & le vant qui me greſle.
Mes penſers ſont les traits, le ſoleil, le viſage,
  Et l'ardeur mes deſirs, auec ceſte equipage
Amour cruel me point m'afolle & me deſtruit.
Ce chanter angeliq, ceſte douce parolle,
  Ce ſoupir plain de muſq, qui loin de moy ſ'ẽuolle
Sont les vans amoureus, où mon ame ſ'enfuit,

SONET 29.

SI ie puis iuſque là me deffendre la vie,
  Si ie puis reſiſter parmy tant de tormans,
Iuſqu'au tams qu'on verra par la force des ans
Dame de voz beaus yeus la lumiere eblouie.
Qu'on verra de ceſt or la richeſſe rauie,
  Se changer en argent, & ce ieune printams,
Ce gentil en bon point, qui m'emporte le ſans,
  Quitter honteuſement voſtre face ternie.

I'oſeray bien alors ſous l'ecorte d'amonr
Entreprendre,madame,à vous dire le iour
L'an, l'heure, & le moment que pour vons ie
    ſoupire.
Et ſi le tams n'eſt propre à noz laches deſirs,
  I'eſpere bien aumoins que de quelques ſoupirs
Vous donnerés ſecours à mon triſte martyre,

S O N E T. 30.

POur t'auoir iuſqu'icy preſerué de menſonge,
  Pour auoir ton hŏneur,& le mien deffendu,
Tu ne m'as point encor langne ingrate rendu
Sinon que le depit,qui ſans ceſſe me ronge.
Alors qu'il faut le moins , qu'au penſers ie me
    plonge:
Tu me fais apparoir vn homme morfondu,
Si tu dis quelque mot il n'eſt point entendu,
  Ains il eſt imperfait,& d'vn hŏme qui ſonge.
Et vous qui me ſuiuez,larmes toutes les nuits,
  Alors qu'il faut le moins repaiſtre mes ennuís,
Vous fuiés au beſoin quăd la pais ie veus faire.
Et vous ſoupirs ſi prŏs à croiſtre mes douleurs,
Vous ne faillés , helas!au fort de mes malheurs,
  Mon œil tant ſeulement du cueur ne ſe peult
    taire.

                     Si pour

SONET. 31.

S I pour garder sa foy dãs vne ame non fainte,
Pour languir doucement, & pour estre cour
tois,
Si pour suyure l'erreur dans lequel ie me vois,
Et nourrir mes pensers d'vne flame tressainte
Si porter sur le front sa misere depeinte,
Et d'vn demy sanglot entrerompre sa vois,
Soustenir la vergongne, & la peur maintefois
Et prendre vne couleur de violette teincte:
Si donner à l'autrui plus qu'à soy de faueur,
Si soupirer tousiours, & plaindre vne rigueur.
Se repaissant de deuil, de fureur, & de rage,
Si bruslé loin du feu, & dans le feu transi
Ie m'auance la mort sans attendre mercy,
Vous en este la cause, & i'en ay le dommage.

SONET. 32.

Q Vand premier ie me vis dessous vostre ser-
uice,
Malade de la teste, & malade des yeux,
En vain ie recherchois les augures des Cieus,
En vain ie recherchois les conseils de Melisse,
Ie n'eusse pas pensé encor' que ie le visse
Que cet œil mon guidõ peut estre rigoureus,

H

Ie n'euſſe pas penſé qu'vn parler cauteleus
Eut voulu deguiſer vne telle malice.
Encor' iuſques icy ie ne l'uſſe penſé,
Si maintenant, helas! de moymeſme bleſſé,
Le malheur ne m'eut fait recōnoiſtre ma faute,
Ainſi contre le ciel l'homme regimbe en vain,
Ainſi meſme iadis le Profete Thebain,
Ne peut qu'apres ſō mal auoir l'ame pl⁹ caute.

SONET 33.

IE ne fus iamais las de vous aimer, Maitreſſe
Et ne le ſerai point pendant que ie viuray,
Mais las! ie n'en puis plus, & ie me facheray
De me hair moimeſme, & de pleurer ſans ceſſe
Auant que de n'aimer ie veus que lon me dreſſe
Vn ſepulchre tout blanc, ou mourant ie ſeray
Voſtre nom ſeulement, & le mal que i'auray
Si ie puis iuſque là porter telle detreſſe.
Toutesfois ſi vn cueur plain d'amoureuſe foy,
Vous peut donner plaiſir ſans luy bailler mar-
tyre,
En aimant ſ'il vous plaiſt prenés pitié de moy.
Mais ſi voſtre fierté ne cherche deſormais
Qu'à ce vanger de moi, cela qu'elle deſire
(I'en rends grace à l'amour) ne ſe fera iamais.

SONET 34.

CEst œil, cest or, ceste face lasciue,
Fut l'espion le piege, & le chasseur,
Qui vint trahir, chasser, prendre mon cueur,
Mon cueur mes yeus, & mon ame chetiue,
Le cueur trompé, l'œil pris, l'ame captiue
D'vn feu, d'vn ris, d'vn visage menteur,
Pour me guider il faut que le moqueur,
Que les fillets, que la chasse ie suiue.
Mais quand lespoir, la feinte, & le debuoir,
D'vn bien, d'vn ris, & d'vn simple vouloir,
M'entretient trop, m'affolle & ne m'auance,
Pour rachepter les yeus, l'ame, le cueur,
Ie veus quitter auecque l'esperance,
Cest espion, ce piege, & ce chasseur

SONET 35.

COmme vn cigne blessé sur le bord de Meãdre
Fait sa plainte en mourãt d'vn murmure
plus dous:
Tout ainsi ie me plains de l'amour & de vous,
Et ie pleure mon mal quand la mort me veut
prendre,
Lors que premierement c'est amour me fit rẽdre
Que i'estois bien aimé, & cheri dessus tous,

H ij

Et qu'encor ie n'auois vn caprice ialous
De louer voz beautés ie n'oſois entreprendre.
Mais depuis qu'vn malheur ſ'eſt tourné deſſus
* moy,*
Et que pour le plaiſir le deſpit ie reçoy,
Le deſeſpoir m'apprend,cõme il faut q̃ ie chãte
Las!amour puis qu'il faut que i'aille lãguiſſant!
Que ne deuien-ie au moïsvn cigne blãchiſſãt
Pour lamẽter au vray,cõme vn cigne,lamẽte.

SONET. 36.

Qvand Vliſſe arriua vers Circe la diuine
*   Pour le garder d'aimer vnDieu le vint*
* chercher,*
Polifeme en chantant au pié de ſon rocher,
Soulagoit bien ſouuent l'amour de ſa voiſine,
Et Roger ẽ aymant l'enchantereſſe Aleine,
La force & la raiſon luy vindrent arracher,
Ce panſer hors du cueur,las! pour me depecher
Ie ne puis à mon mal trouuer de medecine.
Pour ranger mon vouloir ſi i'auois vn Atlant,
Ou ſi i'auois(Ronſard) vn cheualier volant,
Qui m'allat prẽdre au ciel vne once de ceruelle
Ie ſerois bienheureus,mais non ie me reprans
Quãd bien i'endurerois vn martire plus grãs
Ce n'eſt rien pour aimer vne dame ſi belle.

SONET. 37.

IE change iour & nuit de poil & de vifage,
    Mais ie ne puis aprendre à fuiure ma raifon,
    Ie ne puis mettre hors l'amoureufe poifon
    Qui m'a dedãs le cueur porté tant de dõmage.
L'amour ne fera plus aueugle, ny volage
    Sans l'armes il fera, fans crainte fans foupçon,
    L'eflé fera changé en l'arriere faifon,
    Quãd i'oubliray mõ mal pour deuenir pl' fage.
Ie ne dois efperer la fin de mon tormant,
    Sinon quand ie feray priué de fentimant,
    Ou quand ie receuray la pitié de Madame,
Le remede me femble impoßible à cecy
    La mort tant feulement ou la feule mercy,
    Peut effacer le mal qu'amour me fait en l'ame.

SONET. 38.

AMour & moi vn iour tous deux pleins de
    merueille,
Nous fuiuiõs dãs vn pré madame, qui cueiloit
Pour faire vn chappelet les fleurs qu'elle vou-
    loit,
Aßife entre les fleurs, cõme vne fleur vermeile
Parmi les beaus cheueus treßez deffus l'oreille
Les amours fe ionioint, fon œil eĉtinceloit,

Cŏme vn aſtre ſerain, quand penſiue elle alloit
Elle eſtoit à ſoymeſme à nulle autre pareille.
Or amour la voiant ſi plaine de beauté
Pour mi faire depit ſe mit de ſon coſté
Puis quãd il eut vuidé ſon carquois de ſagette,
Ne ſçachãt plus dequoy ſur l'heure m'offencer,
Il me mit dans le cueur, de ſon menu penſer
Et me ſema par tout le frond de violette.

SONET 39.

Qvand ie vois les beaus yeus de ma belle en-
    nemie,
Ie commence à trĕbler du cueur & de genous,
I'y vois ie ne ſcai quoi & d'amer, & de dous
Qui m'oſte ce me ſemble, & le ſang & la vie.
Plein d'un vague penſer, qui bien loin me conuie
Ie me plains, ie lamenté, & ſoupire à tous cous,
Puis ſoudain ie me dis bienheureus deſſus tous
Si mon amè m'eſtoit tout ſur l'heure rauie.
Ie ſens renaiſtre en moy deux contraires effets,
Ie bruſle, & ie tranſi, ie ne ſcai que ie fais
I'eſtime vn grãd plaiſir de voir choſe ſi digne,
Mais la plus part du tams mon penſer eſt amer,
Et me reprans d'oſer ſi follement aimer,
On cueille de tels fruits d'vne telle racine.

SONET   40.

IE ne vois point de lieu deformais, ou me rēdre
   Pour eſtre en ſeureté, telle guerre me font,
   Et dedans & dehors, ces yeus qui me defont
   Et qui deia (B A I F) m'ont mis le cueur en cen-
   dre.
Ie voudrois bien fouir aſſin de ne m'eprandre
   Mais ne ſcai quels raiōs, à toute heure me vōt
   Luiſant dās l'eſtomach, & ſon œil me corromt,
   Car par tout ou ie vais, ſon œil me vient ſur-
   prandre,
Si ie m'ē vais aus chāps pour eſtre loin du bruit,
   Comme vn petit oiſeau ſon Idole me ſuit,
   De pēſer en penſer, de mōtaignè en mōtaigne,
Si ie penſe fouir, plus toſt que le penſer
   Ces ſoleils amoureus me viennent deuancer,
   Car iour & nuit (B A I F) le pēſer m'accōpagne.

SONET   41.

SA I V E, q̃ i'aime autāt q̃ mes yeus, q̃ mō ame,
   Penſant me deſtourner de mon affection,
   Ne me dis plus qu'il faut changer d'opinion,
   Et qu'il me fàut oſter le penſer de Madame,
Ie ſcai bien que i'iray premier deſſous la lame,
   Que de pouuoir m'oſter de ceſte paſſion

Mais quãd bien ie mourrai pour ceste occasiõ,
La fin de mes amours n'en doit receuoir blame
On ne peut faire force à la neceßité
Ie n'ai point en ceci vn brin de volonté,
Ie vis premier au ciel sa belle portraiĉture
Depuis ie l'ai aimée, & laimerai tousiours.
Si ie ne puis ici iouir de mes amours
Ie iouirai peut estre au ciel de sa figure,

SONET. 42.

IL ne sera iamais que ie ne me souuienne
    Du regret que Madame auoit en me voiant
Pour elle langoureus, pensif, & larmoiant,
    Et que sa douleur mesme eut pitié de la mienne
Telle qu'estoit iadis la belle Ciprienne
    En pleurant son Adon: toute telle en m'oiant
Pres d'elle soupirer, elle alloit ondoiant
    Du cristal de ces pleurs & ma face & la sienne
Ie lui disois: mon cueur, ie voudrois estre mort
    Pour m'oster vn penser plus facheus que la
    mort,
Ie voudrois dõc mourir auecque vous dit-elle
Si la mort m'eut pris lors ie fusse bienheureus,
    Mais s'elle nous eut pris à mesme heure tous
    deus,
On n'eut point veu la bas vn couple plus fidelle.

SONET 43.
En forme de dialogue.

T. Mourrai-ie point amour? A. Non tu ne
mourras pas.

Tu viuras en aimant conduit de l'esperance,

T. Las! donne moy plustost la mort pour recom-
panse,

Amour ie te supply' auance mon trespas.

A. Ton sort ne le permet. T. Las que ferai-ie
helas!

Amour ie me turay pour auoir deliurance,

A. Tu ne gaigneras rien faisant ce que tu
panse.

Car aussi bien qu'icy ie commande la bas.

T. Aumoins soulage vn peu l'ennuy qui me
tormante,

A. Il faut de iour en iour que ta peine s'aug-
mente

La fin de ton amour ne sera que trauail,

T. Amour s'il est ainsi qu'en vain ie m'euertue,

Pour voir plus longuement la beauté qui me
tue.

Ie suis contant de viure, & n'auoir que du
mal,

SONET 44.

MAitreſſe croyés moy, mon amour n'eſt pas
      feinte
I'aime autant que l'on peut aimer vne beauté,
Autant qu'on peut porter d'honneſte volonté.
A celle qu'õ choiſit pour maitreſſe & pour ſaïte
Vos beaus yeus m'õt baillé trop viuemẽt l'ataïte
Pour demener vers vous vn amour affetté,
Ie vous aime maitreſſe, & ie ſuis tranſporté,
De meſme affectiõ que ie vous fais ma plainte.
Quand ie ſuis pres de vous, mes yeus parlent
      pour moy,
Las! ſi vous y penſés mes ſoupirs vous font foy,
Que ie n'aime que vous que pour vous ie ſou-
      pire.
I'ay ſeulemẽt au cueur vn regret qui me point,
C'eſt q̃ i'aime ardãmẽt & qu'õ ne m'aime poït,
Qu'on ſe rit de mon mal, & ſi ne l'oſe dire.

SONET 45.

LAs! q̃vo⁹ ai-ie fait? helas! qu'ai-ie peu faire,
    Pour prẽdre occaſion d'vn meſcõtentemẽt?
D'où vient, quand ie vous veus deduire mon
    torment,
Vous chãgez de propos, & m'eſtes ſi cõtraire.

Ie ne vous garde pas d'aimer mon aduersaire
Ie ne vous garde pas d'aimer le changement,
Puis qu'on le veult ainſi permettés ſeulement,
En aimant voʒ beaus yeus que ie me deſeſpere.
Comme on voit au printams que la nege ſe fond
Mes eſprits affoiblis peu à peu ſe defont,
Et ie me ſens decroiſtre autãt que ie voˢ aime,
Attendez vn petit bien toſt ie me perdray,
Ou pleurãt mon malheur en larmes ie fondray
Cõme le beau Narcis amoureus de ſoimeſme.

SONET 46.

SI ie pouuoy' ſi bien mon penſer vous deſcrire
  Comme dedans le cueur ie le porte couuert
Ie ne ſache icy bas ny roche ny deſert,
Qui ne prit en l'oiaut pitié de mon martire.
Mais voʒ yeus biẽheureus pour leſq̃ls ie ſoupire
Sçauẽt bien deſſus tous le mal que i'ay ſoufert,
Maitreſſe mon penſer à vous ſeule eſt ouuert,
Mais en l'ayant cõnu vous n'en faittes q̃ rire.
Si en me treſperçãt d'vn ſeul clin de voſtre œil,
Cõme au trauers d'vn verre vn raiõ de ſoleil,
Voˢ luiſes dãs mõ cueur q̃ me ſert de voˢ dire,
Le mal q̃ i'ay pour vous, las! vous le ſçaueʒ bien,
Mais ne ſçay quel malheur vous oſte le moyen,
Et m'empeſche d'auoir le bien que ie deſire.

SONET 47.

IE voudrois bien trouuer vne fontaine,
  Pour aleger quelque peu mes ennuis,
  Pour vous laisser au torment où ie suis,
  Pour faire echange auec vous de ma peine,
Vous trouueres qu'vn aueugle me meine,
  Et qu'en aimant ie veus, & ie ne puis,
  Vous poursuiuries vn bien que ie poursuis,
  Et vous verries vostre emprise estre vainc,
Ie croi pourtant qu'ainsi comme ie fais.
  Vous n'aimeries pour n'atteindre iamais,
  De vostre amour recompanse certaine,
Vn seul clin d'œil me pourroit enflammer,
  Car le destin, ou l'eau d'vne fontaine,
  Ne me sçauroit garder de vous aimer.

SONET 48.

I'Ay voz beaus yeus pour celeste influance,
  Pour ascendant & pour astre fatal,
I'y reconnois & mon bien & mon mal,
Sans remarquer le iour de ma naissance,
Ie preuois bien que i'ay pour recompanse,
De vous aimer la peine & le trauail.
A ce qn'on dit ie ne vous suis egal,
Vostre œil aussi marque mon impuissance.

Et toutesfois puis qu'vn cueur genereus,
　Est en bon lieu volontiers amoureus,
　Ie veus aimer iusqu'à tant que ie meure.
En vous aimant si vous me dedaignez,
　Si de vostre œil fiere vous m'estonnez,
　La foy maitresse & l'amour me rasseure,

SONET 49.

SI quelquefois voz beautez ie contemple,
　Apres auoir vn long tams admiré,
Ie suis contant d'estre desesperé.
Pour vn obiet ou tout le ciel s'assemble.
A mon aduis vostre beau front ressemble,
　L'arc dont amour m'a tant de fois tiré,
　Et vostre teinct vn printams coloré,
De lis meslez, & de roses ensemble,
En me mirant ie vois dedans voz yeus,
　Mille amoureus qui volent deus à deus,
　L'vn mi-courbé se campe sur la bouche
L'vn dans le sein, & l'autre sur le front,
　Ie viens vers vous, pour voir s'ils me turont,
　Mais sans tuer ils dressent l'ecarmouche.

SONET, 50.

C'Est vn grand cas & plus ie m'aduanture
De me tirer hors de voſtre priſon,
Et plus ie ſuis laiſſé de ma raiſon,
Qui me contraint d'aimer à l'auanture.
Ie connois bien qu'il faudra que i'endure,
Et que mon mal n'a point de gueriſon,
Et toutesfois i'aualle le poiſon,
Qui me rend triſte, & change ma nature.
Et plus ie ſuis pour vous deſeſperé,
Et plus ic ſans mon vouloir aſſeuré,
De vous ſeruir: rien ne ſçauroit abbatre,
Ma fermeté ſ'amour me nuit icy,
Pour vous aimer ſans eſpoir de mercy,
Encontre vn Dieu ie n'oſerois combatre,

SONET 51.

VOus ſçauez bien que ie ne veus diſtraire,
Mon cueur de vous & que ie ſuis touſiours,
Libre aſſeuré & ſimple en mes amours,
Bien que par tout l'amour me ſoit contraire,
Et toutesfois vous ne me daignes faire
Vne faueur, ny me bailler ſecours:
I'iray bien toſt à la fin de mes iours,
Si ie me ſans tant ſoit peu vous deplaire.

Pour vous auoir si longuement seruy,
  Sans varier, ie n'ay pas desseruy.
  De mes trauaux si poure recompance,
Mais non maitresse, encor' suis-ie contant,
  D'auoir du mal, dix mille fois autant,
  Sans vous aimant ma foy ne vous offence.

SONET 52.

Bien que ie sois en amour miserable,
  Et bien qu'en vain ie ne sois tormenté,
  Ie veus pourtant garder ma fermeté,
  Et ne veus estre en amour variable.
Si i'ay failly la faute est excusable
  I'ay pour aimer perdu ma liberté,
  Ie l'ay perdue apres vne beauté,
  Ce qui est beau, est tousiours bien aimable
Pour me nourrir ie n'ay que le despoir,
  Ie n'ay que peine & si n'en veus auoir,
  Moins que i'en ay, si quelquesfois i'endure.
Ce m'est plaisir, ie veus estre amoureus,
  Pour estre pasle & viure langoureus,
  Car n'aimer point c'est contre ma nature.

SONET 53.

Dittes maitreße, ai-ie fait quelque offenſe,
  Que maintenãt vous ne me voulez voir?
Ai-ie enuers vous failly de mon debuoir,
  Pour me bannir hors de voſtre puiſſance?
Si vous aimez maitreße l'inconſtance.
  Ce n'eſt pas moy qui change de vouloir,
  Pour vous aimer touſiours ie veus auoir
  La larme à l'œil, & viure en deplaiſance.
Depuis vn peu que ſuiſ-ie deuenu,
  Na pas long tams i'eſtois le bienuenu,
  Voſtre œil m'eſtoit & dous & fauorable,
Faignez au moins ainſi qu'au parauant,
  Voſtre deſir, pour me donner du vant,
  Au lieu du vray le faulx m'eſt agreable.

SONET 54.

E Dieu! comment vous m'eſtes infidelle,
  Vous me monſtres ne ſçay quelle douceur,
A celle fin que voſtre œil me rappelle,
  Et cependant vous m'vſez de rigueur,
Si vous m'eſties apertement rebelle,
  Incontinent i'oſterois ma langueur,
Car pour ſeruir vne dame cruelle,
  Et ſans pitié ie ſuis de trop bon cueur,

                                    Quand

Quand i'arriuai premierement chez vous,
Pource qu'vn iour voſtre œil me ſembla dous,
Et que de moy vous eſties amoureuſe.
Ie vous aimay, vous vous faittes grand tort,
Si maintenant vous ne m'aymez ſi fort
Car de m'auoir vous ſeries bienheureuſe.

SONET 55.

CEluy vraiment qui te donna des æſles,
    Et qui te mit vn bandeau ſur les yeus
Gentil amour, eſtoit ingenieus
Et ſçauoit bien tes forces naturelles.
Tes æſles ſont les cueurs des damoiſelles,
    Qui vont touſiours changant de pis en mieus,
Et ton bandeau le deſir amoureus
Et l'appetit qui nous meine apres elles.
I'eu vn lon tams pour vous le ſens troublé,
Mais d'autant plus mon mal c'eſt redoublé
Et d'autant plus vos beautés m'eſtoint belles,
De iour en iour vous me manquies de foy,
Amour a mis ſon malheur deſſus moy,
I'ai ſon bandeau, & vous aues ſes æſles.

I

SONET 56.

C'Eſt maintenant que l'eſpoir me delaiſſe,
  C'eſt maintenant que ie n'auance rien
L'autre eſt venu qui m'oſtera mon bien
En s'emparant de ma belle maitreſſe.
Or puiſſe telle attaindre la vielleſſe,
  Heureuſement ſous vn heureus lien,
  Puiſſai-ie encor mourir pour eſtre ſien,
Et luy laiſſer le fruit de ma ieuneſſe.
En la perdant le Ciel m'eſt enuieus
  Tous les plaiſirs deplaiſent à mes yeus
  Ie ne vois rien qui ne me ſoit contraire.
Si le trepas n'appaiſe ma douleur
  Doreſnauant ie n'auray que malheur
  Puis que mon heur commence à me deplaire.

SONET 57.

A Llons nous en THIARD, fuiõs ceſte cõtrée
  Ou le vice eſt vertu, ou la meſchanceté,
Le meurtre, la traiſon à ſon impunité,
Ou iamais on n'a veu l'innocence aſſeurée,
Si ce chantre qui fut au village d'Aſcrée.
  Des muſes enſeigné, euſt maintenant eſté,
  Comme il le ſouhaittoit, il ſeroit deſpité,

Et banniroit encor' les compaignes d'Aſtrée
Sa nobleſſe ſ'acquiert pour eſtre vertueus,
Icy le gentilhomme eſt l'homme vitieus
Celui qui eſt bien promt à faire quelque iniure
A faire vn lache tour, eſt plus homme de bien
Dirai-ie tout THIARD, Non ie ne diray rien
Pour n'eſtre auant mes iours touché de la froi-
dure.

SONET 58.

QVand Phœbus courroucé ſur les hommes
        deſſerre,
Ces trais enuenimés, ainſi que noz ayeus,
Il ne faut deſormais que l'on faſe des veus,
Et qu'on dreſſe à Platõ vn autel deſſous terre,
Pour appaiſer le ciel, il ne faut aller querre
La chaſſe d'Eſculape, & la mere des Dieus,
Il ne faut aſſommer ſur l'arene cent beufz,
Au nom de Iuppiter, qui iette le tonnerre.
Ceus qui voudront ſçauoir cõme l'ær ſe corromt,
Comme il corromt noz cors, quand les peſtes
        ſe font,
Il faùt, docte FABRY, qu'il apreigne tõ liure.
Et peut eſtre en liſant tant d'oracles ſegretz,
Des Arabes ſçauans, & des medecins Grecz
Qu'ils ſe verront ainſi qu'Hypolite reuiure.

            I ij

SONET 59.

IE vy icy(Coqley) en extreme detreſſe,
  Ie ne me pais ſinon d'angoiſſe, & de ſoucy,
I'ay ne ſçay quel deſpit,qui m'a le cueur tranſi
I'ay ne ſçay quel regret,qui m'eſpine ſans ceſſe
Agrãd peine ai-ie attaint la fleur de ma ieuneſſe
I'ay deia toutesfois le viſage obſcurcy,
I'ay l'œil triſte & caué,quand ie me vois ainſi
Ie dis qu'il faut partir,& q̃ l'heure me preſſe.
Comme on voit pres d'Eurote vn beau Mirthe
  qui croiſt,
Tout ſoudain auorter,ſ'il endure le froid,
  Ma fleur doit deſſecher au plus verd de mõ age
Le deſtin ne m'a fait que monſtrer icy bas,
  Ie vy mon cher(Coqley) & ſi ie ne vis pas,
  Car ie porte deia la mort ſur le viſage.

SONET 60.

DEpuis que i'ay laiſſé l'amour de maIanette,
  On m'apelle incõſtãt, & maintenãt dit-on,
Que i'ai mis ſous les piés la beauté de Platon
Pour aimer Marguerite, & Anne, & Guille-
  mette.
L'vne eſt douce en regard & quelq̃ peu brunette,
  L'autre s'epanouit,comme vn petit bouton,

La troifiefme eft biẽ ieune, & n'a point de tetõ
Elle eft fiere pourtant & fait de la finette.

L'vne croit que ie l'aime & que ie fuis tout fien,
   Mais quand ie l'aimerois ie n'y gaignerois rien
L'autre feït de m'aimer mais ie ne lepuis croire
Mon malheur eft trop grand, SAVMAIZE, *fi*
   i'ofois
Ie voudrois bien choifir la plus ieune des trois
Ou ie voudrois bien eftre aimé de laplus noire.

SONET 61.

I E pençois que le mal qui me tenoit aus veines,
   Ne fe pourroit ofter, finon quãd ie mourrois,
Ie pãfois qu'en perdãt la Dame que ie i'aimois
Ie ne ferois vn brin dechargé de mes peines,
Mais iedis que l'amour & les chofes humaines
Sont fubtiettes au tams: ore, que ie me vois
Sain, gaillard, & difpos & franc cõme i'eftois
Auparauant qu'amour meut pris dedans fes
   chaines.
Mon penfer amoureus f'ecoule auecque l'eau
   Et fi ie veus brufler de quelque feu nouueau,
Il ne tiendra qu'a moy, mais fi ie fais careffe
Ce n'eft pas pour aimer, car de peur derechoir,
   *Et de mevoir (*ROMPRE*) forclos de mõ efpoir*
I'ay choifi feulement la vertu pour Maitreffe.

                   I iij

SONET 62.

S A YV E *il me faut faire l'amour des yeus,*
  Il ne faut pas que plus haut ie m'auance.
Si ie voulois perdre ma recompance
Il me faudroit faire l'audacieus,
Si quelque fois d'vn poure induſtrieus.
Deſſus la gale vn fil d'or elle aiance,
Derriere vn huis mon malheur ie diſpance
A remirer ſes flambeaus gracieus.
Tu me diras qu'il ne faut auoir honte,
Et que ſouuent la Reine d'Amatonte
Preſte faueur à l'amant courageus,
Tu dis bien vray, mais las! les damoiſelles
De ce pais ſont plus fieres que belles,
Et comme en France on ne fait l'amoureus.

SONET 63.

Q V and decoupant deſſus ta chanterelle
  Mille fredons, au pincer de tes dois,
Tu fais iaſer l'argentin de ſa vois
Ou la cottiere, ou bien la paluelle
Non autrement que la douce merueille
Du Delien, aſſoupit maintefois
L'aygle endormy tout ainſi ie me vois

Mis hors de moy d'vne force pareille.
Aussi ie croi que ce beau Delien
Tirant du ciel le lut Cyllenien
En façonna ta guiterre si belle
Ie croy vraiment qu'il te pressa ses dois
Pour mignarder le sucre de sa vois
Si doucement tu me flattes l'oreille.

SONET 64.

CE braue Rhodomont, ce mutin dedaigneus,
 Qui superbe en maintien, a toutesfois
 grand crainte,
Veut deguiser en vain d'vne brauade feincte,
Et son ame poureuse, & son front orgueilleus.
Ie dis moy que cestuy n'est point cheualureus
Lequel pour babiller nous veut bailler l'at-
 tainte,
En vain ce grãd Tifé d'vne force contrainte,
Ecroulle le Vezuue, & despite les Dieus.
Quiconque d'entre vous a fait de l'escriuain,
Il n'eut iamais bon cueur, ny le iugement sain
Ains il sera tousionrs reputé pour forfante.
Miserable pourquoy n'as tu point tãt de cueur
De me tirer à part pour suyure ton honneur,
Voy me cy contre toy tout seul ie me presente,

SONET 65.

Qvăd ie voy ces faquins de ceſte republique
  Pour eſtre trouſſes mal & veſt⁹ lourdemĕt
Pour trainer iuſqu'aus piés vn lõg habillemĕt
Se donner à grand tort le nom de magnificque
Et quand pour balloter d'vn affaire publique,
  Pour appeller ſainct Marc, à leur cõmencemĕt
Ie les vois vſurper par l'orgueil ſeulement
Et le nom & l'honneur de ceſte Rome antique.
Les voiant d'autre part ſi prodigue d'honneurs,
  Ie ne puis me tenir de dire: ces ſeigneurs
Sont vraiment comme on dit, vrais enfans de
  leurs meres.
Leurs meres ſont putains, & deguiſĕt leurs nõs,
  Ceus cy pour ſe farder preignent mille ſurnoms
Et par faute ie croi de connoiſtre leurs peres.

SONET. 66.

S'Entremeſler en rond dedans vne moreſque,
  Ouir quelque Tané, faire mille diſcours,
Voir Meſſer Iulio trompé de ſes amours,
Et pour vne lignore aimer vne fanteſque.
Aller voir l'Angela, ou la belle Tudeſque,
  Et pour ſe biĕ monter cheuaucher le velours

pratiquer les tragués,& dans les carrefours,
Chäter quelque sonet ou quelque Romanesque.
Follastrer toute nuit dedans vne gondole,
 Et pour donner martel manquer de sa parolle,
 Apprendre les sifflets,& les signes connus.
Remarquer l'aretin,& le mettre en pratique,
 Et bref entretenir l'vne & l'autre Venus,
 Voila le passetams que prand le magnificque.

SONET 67.

P Endãt que sans soucy la ieunesse nous meine
     Que nous sommes gaillards en la fleur de
       noz ans,
 Auisons (Coqueley) à ne perdre le tams,
 Afin que sans plaisir le tams ne nous emmeine,
Il faut rire , &baller, il faut que lon demeine
 L'amour nõ pour martel,mais pour le passetãs,
 Laissons là ie te prie ces marmiteus amans
 Qui nourrissent au cueur vne playe certaine.
Si tu veus viure heureus,il faut faire l'amour,
 Mais il faut q̃ l'amour ne dure pl⁹ d'vn iour,
 Il faut chãger tousiours de maitresse nonuelle,
Ceus qui font autrement, ils escriuent au vaut,
 Leurs plaintes & leurs cris,& si le plus souuãt
 Ainsi qu'vn papillon s'ardent à la chandelle.

SONET 68.

S'Elle te fait accueil de quelque beau visage,
Ne t'y fy' pas RICHARD, sõ œil est dãgereus
Son parler est plus vain qu'vn serment d'a-
      moureus
Et son cueur en amour est mal seur & volage.
La longue experience en amour me faict sage,
  Mais s'elle me baisoit d'vn baiser sauoureus,
  Quãd ie ne luy vois point de pucelles aus yeus,
  Ie ne voudrois pour rien la suiure d'auantage.
La crainte & la vergongne à la fille siet bien,
    I'aimerois mieus languir, pour vn simple
      maintien,
  Qu'en aimãt receuoir le fruit de mon seruice:
Et n'estre seul aimé, le plaisir n'est pas grand,
  Quãd vn troisieme a part au biẽ q̃ lon pretãd
Et que sous vn baiser on cache vne malice.

SONET 69.

Celuy ne me plaist point qui ainsi que Tydide
    Se deguise si bien, qu'on ne sçait quel il est,
Ie hay l'homme prodigue, & celuy me deplaist,
  Qui tire tout à soy comme Leylle, ou Carybde.
Ie hay encor'plus trois fois celuy qui cuide
  S'aioustant mille nõs estre plus grãd qu'il n'est,

Le bragard gentilhomme, & celuy qui se faict
N'estãt rien qu'vn poltrõ, vn vaillãt Peleide.
Ceus cy (mõ de THESVT) me deplaisent encor'
Vn flatteur, vn iasard, & ceus q̃ lon voit ore,
N'estãs riẽ qu'ignorãs cõtrefaire Aristarque.
Mais ie hay de THESVT, ie hay plus la moitié,
Que le noir nautõnier de l'importune barque
Celuy qui mechamment dechire vne amitié,

SONET 70.

Qve ie hay FREMIOT ce simple populaire,
    Qui me dit d'vn chacun & ses hom-
    mes mal-nés,
Qui font des suffisans, & pendent à leur nez,
Ceusq mettẽt à fin ce qu'ils ne pourroint faire.
L'homme bien empesché qu'il face son affaire:
Mais i'estime beaucoup ceus qui se font dõnez,
A suiure les sentiers du peuple detourneZ
Pour se guinder au ciel d'vne esle nõ vulgaire,
Croy moy celuy vit biẽ qui n'est põit recherché,
Et qui viuant dans soy c'est longuement caché,
Nõ pour crãitd'auoir l'ame grossiere et lourde
Mais pour n'estre touché des iugemẽs mal-fais,
Pour auoir assez mal plaidé dans le palais,
I'ay veu vanter, louer, & vandre vn ape-
    lourde.

SVR LE TRESPAS DE
FRANCOIS II. ROY
de France.
SONET 71.

Comme on voit vne fleur freschemĕt epanie,
Se faire tout l'hŏneur du iardin fleuriſſãt.
Puis pãcher tout à coup ſon pourpre lãguiſſant,
Ou par faute d'humeur, ou de trop forte pluie.
Ainſi tu te faiſois l'honneur de cette vie
Croiſſant, comme vn beau lis, richement blan-
chiſſant,
Preſque tout auſſi-toſt fait Monarque puiſſant,
Que le riche butin de la Parque ennemie.
Pardonnez, ò bons dieux, à ma iuſte douleur,
Mais las! vous ne deuieZ depouillãt cette fleur,
Faire veuue vn long temps, voſtre plus chere
France:
Ou bien, vous ne deuiez ſa ieune deité
Hauſſer iuſqu'à l'egal de voſtre maieſté
Pour auorter ſi toſt toute noſtre eſperance,

A LA ROYNE DE
NAVARRE.
SONET 72.

IE ſçay que voſtre eſprit qui iamais ne repoſe.
Sãs auoir entremain q̃lque affaire bien grãd,

Ie ſçay que voſtre eſprit qui iamais n'étreprãd
   Qu'à mener le diſcours de quelque plus grand
     choſe.
Ie ſçay madame encor' qu'vne triſteſſe encloſe,
   Qu'vn long habit de deuil que tout le monde
     prand,
   Ie ſçay bien qu'vn malheur maintenant me
     deffand
Devo° bailler ces vers qu'en malheur ie cõpoſe:
Mais auſſi quand ie ſçay que voſtre maieſté
Sur toutes les vertus aime la charité,
   Et qu'au pauure touſiours elle l'eſt fauorable.
I'ay chaſſé loin de moy & la honte & la peur,
   A cell' fin d'aſſeurer deſſous voſtre grandeur
   La perſonne & les vérs, d'vn poete miſerable.

A MONSIEVR LE GRAND,
Seigneur de ſainᶜte Colombe.

SONET 73.

D'Où vient que la vertu eſt icy meſpriſee,
   Qu'vn homme de figuier eſt touſiours
     diſpencé?
Que celuy qui aura par l'eſtude amaſſé,
Vn iugement exquis ne ſert que de riſee.
Ie croy que la vertu eſt peu fauoriſee,

Pource qu'elle n'a point vn visage effacé,
Et que par l'impudence on peut estre auancé,
Quãd elle est dextremẽt d'vn masq deguisee.
Sa vertu s'accompaigne auecque le soucy,
Entre tous ceus (le grand) qui la cherchent icy,
Tu demeures entier parmy nostre vulgaire,
Cõme vne belle fleur pres d'vne herbe qui nuit,
Et comme au Zodiaque vn signe salutaire,
Aupres du scorpion, ta prudence reluit.

SONET. 74.

LAs vous dancez, maitresse, & ie me meurs,
   Vous estes en ioye & pour vous ie soupire,
Las! vous riez, & ie ne sçaurois rire,
   Quand i'ay pour vous mille & mille douleurs,
Ce petit Dieu qui tormente noz cueurs,
   Bien que l'espoir hors de moy se retire,
   Tousiours pour vous aguise mon martire,
Et vous sentez des nouuelles chaleurs.
On vous conduit aus festes d'Hymenee,
   Et moy ie vais suiuant ma destinee,
   Mourir pour vous, apres que seray mort
Vous n'aurez plus de mon mal souuenance,
   Ie porte escrite au cueur vostre semblance
Pour vous aimer encor' apres la mort.

SONET 75.

MAitreſſe, aumoins puis qu'il fault que ie
    meure,
Apres la mort ſouuenez vous de moy,
Souuenez vous que ie meurs & pourquoy,
Maitreſſe aumoins que mõ nom vo⁹ demeure.
Ie ne veus pas que perſonne me pleure,
  Ie ne veus pas qu'on me face vn conuoy,
  Mourant pour vous mon ſeruice & ma foy,
Ne peut auoir recompance meilleure.
Mais pourautant que tous ne ſçauront pas,
L'occaſion qui me meine au treſpas,
Ie veus grauer ces vers deſſus ma lame,
VIVANT ICY IE VIVOIS EN
    LANGVEVR,
ET IE MOVRVS LORS QV'EN M'O-
    STANT MADAME,
D'VN MESME COVP ON M'ARACHA
    LE CVEVR.

Fin du liure des Sonets.

LIVRE DES CHA
sons, de Claude Turrin Dijonnois.

CHANSON PREMIER

HELAS quelle plus grande peine
Sçauroit redoubler les malheurs,
Qu'on a d'vne dame inhumaine
Qand de mille & mille douleurs,
Sous l'espoir d'vn alegement,
Elle renforce vn long torment?
I'aymerois trop mieus estre esclaue
Et subiet au graue sourcy
D'vn maistre importun & trop braue,
Que sans espoir d'auoir mercy,
Mettre en vante ma liberté,
Pour vne legere beauté.
Apres ma longue patience
Pour vn seruice fait en vain,
Ie n'aurois autre recompanse,
Sinon vn reffus, vn dedain,
Ie n'aurois apres tant de maus,

Sinon

Sinon vn renfort de trauaus.
Ceste double eſtoille meurtriere,
　Enceinte d'vn art mi-uouté,
　Pillant noſtre ame priſonniere
　Par vn ſeul regard affetté,
　Sous vne ombre faulſe d'vn bien
　Tourne apres noſtre tout en rien.
Puis quand ceſte amorce traitreſſe,
　Nous a le cueur empoiſſonné,
　On ne ſçauroit rompre la leßé
　Qui le tient ſi ferme enchainé,
　Si bien ie ne ſçay quel amour
　Nous affolle de iour en iour.
Vn œil ſeulement ne nous domte,
　Sous le maſque d'vn beau maintien
　Mais las! noſtre raiſon trop promte
　S'empiege meſme en ſon lieu,
　Quand l'appetit ou le deſir
　Guide le frain à ſon plaiſir.
Puis quand ceſte ame mal guidée
　S'eſt fait ſeruir à l'apetit,
　Recherchant au ciel quelque lidée,
　Nous imaginons à credit
　Ie ne ſçay quelle autre moitié
　Pour reioindre ceſte amitié.
Ainſi noſtre guide troublée
　Va touſiours flattant ſon erreur,

K

Trainant sa puissance accablee
Sous les brides d'vn gouuerneur,
Qui maitrisant mesme le ciel,
Tourne le riagas en miel,
Mais quoy? puisque ceste Sireine,
Puis que ce nepenthe si dous
Violant toute force humaine
Nous iette nous mesme hors de nous,
Et puis que la foible raison
Nous traine dans ceste prison.
Si tu rencontre vne maitresse,
Qui sans vser de cruauté
T'aime, te cherisse & caresse
D'vne pareille volonté,
Il faut sans changer de vouloir
Tousiours vn mesme cueur auoir.
Vraimant la personne est heureuse
Qui iouissant de sa moitié
S'emboucle en la lesse amoureuse
Pour perenner vne amitié,
Vraimant ce couple bien-heureus,
Est au nombre des demy-dieus.
Donque auant que ce venin glisse
S'enracinant plus viuement,
Il faut tanter si ton seruice
Receura quelque paiement
C'est sottise perdre son mieus

pour le paſſetams de deus yeus.

CHANSON II.

P Vis que c'eſt œil qui tache à me desfaire,
  Ne me prend à mercy,
Ie veus pleurer ma perte volontaire,
  Et me pleurer auſſi,
    Le mal ſ'empire
    Qu'on n'oſe dire,
    L'amour ſ'alante,
    Quand on la chante:
O qu'en chantant on oſte de ſoucy?
Quand ie receus la premiere etincelle,
  Qui me fit amoureus,
Son œil luiſoit d'vne clarté iumelle
  Comme le vépre aux cieus,
    Mon ame à l'heure
    Deſia mal ſeure,
    Se voulut randre
    Sans me deffendre,
O que ie fus vaincu de deus beaus yeus.
Touſiours depuis i'eus peint ſur le viſage
  L'effort de mon vainqueur
Ie teſmoignay moi-meſme le dommage
  Que i'auois dans le cueur,
    Ma couleur meſme,

                        K ij

Qui deuient blesme
Tint decouuerte
A l'œil ma perte
O que bien mal on ce le sa langueur!
Le mois de Mars n'a tant de violettes,
L'esté n'a tant de fleurs
La nuit n'a point tant d'estoiles clairettes
Que i'auois de chaleurs,
Iamais la flamme,
Que i'eus dans l'ame,
Ne deuient moindre
Pour la contraindre,
O pauure amant tu brulois de tes pleurs.
Helas! mes yeus, ceste melancholie
Que i'allois distillant,
Et ces soupiers parcelles de ma vie
Qui me battoint au flanc
Estoit l'amorce,
Dont prenoit force,
Ceste flameche
Qui vous dechesse:
O comme Amour me sucçe iusqu'au sang.
Si quelquefois vne heureuse rencontre
Faignoit de m'appaiser,
Incontinant amour me venoit contre,
Affin de m'embraser,
Baisant sa leure,

I'auois la fiebure,
Ou quelque peine
Plus inhumaine:
O quel tormant apporte le baiſer.
Ce qui eſtoit l'appat de ma ieuneſſe
C'eſtoit vn beau maintien,
Vn œil trompeur, vne vaine promeſſe,
De me tenir pour ſien,
Mais ie n'eus oncques
Ny fruit quelconques,
Ny recompance,
Que l'eſperance.
O faus eſpoir volleur de notre bien.
I'ay mille fois taché de pouuoir viure
Vn iour ſans l'aller voir,
Mais le deſtin maugré moy me fait ſuiure
Le train de mon eſpoir,
Sans me diſtraire,
De mon contraire
L'amour m'addreſſe
Vers ma Maitreſſe:
O que l'amour a ſur nous de pouuoir.
Ie connois bien la faute que i'ay faite
D'aymer ſi folement,
Mais ſi ie meurs comme ie le ſouhaitte
Ie meurs heureuſement
Ie me contante,

K iiĳ

Et de l'attante,

Et du merite

De ma poursuite.

O l'homme heureus qui meurt en bien aimãt!

Las! ie me meurs, ie meurs pour vous maitresse,

Et si ne vous en chaut,

Desia l'esprit affoibly me delaisse,

Desia le cueur me faut,

Mais mourant ore,

Ie crains qu'encore,

Rien ne s'appaise

De mon malaise:

O quelle fin quand on aime trop haut.

Ie ne me plains de son ingratitude,

Seulement ie me plains

Qu'on tient à peu ma longue seruitude,

Et que mes pleurs sont vains.

Or soit que i'aye,

Au cueur la playe,

Soit que ie meure

Tout à cest heure,

Ie veux tousiours poursuiure mes desseins.

CHANSON 3.
prise de Petrarque.

Gentil mia Donna i veggio
Nel mouer de voſtr'occhi vn dolce lume.

IE vois ne ſçay quelle lumiere,
  Dedans les yeus de ma guerriere,
  Qui ſeule m'apprand le chemin.
  Dont lon peut au ciel ſe conduire.
  Et qui loin du peuple me tire,
  Et me monſtre vne belle fin.
Il eſt impoſſible qu'on penſe
  Combien grande eſt la recompance,
  Que ie recois de ſes beaus yeus,
  Ou ſoit que la glace nous gelle,
  Ou ſoit qu'vn printams renouuelle,
  Le tams ou ie fus amoureus,
Si les eſtoilles immortelles,
  (Di-ie à part moy)ſont auſſi belles,
  Comme celle que ie connois,
  A!vraiment ie deſire d'eſtre
  Hors du monde affin de connoiſtre
  Deus telles beautés que ie vois.
Mais ſoudain ſelon ma couſtume,
  Et plus mon penſer ſe rallume,
  Et plus mes eſprits ſont contans.

K   iiij

Ie rends graces à la nature,
Pour auoir eu telle auanture,
Et pour eſtre né de ſon tams.
A vous meſme belle Deeſſe,
Ie veus rendre graces ſans ceſſe,
Qui m'auez tiré de mechef,
Rempliſſant de bonne eſperance,
Vn cueur plain de perſeuerance,
Dont voz beaus yeus portent la clef.
Ie ne ſçache eſtat ny fortune,
Ie ne ſçache alliance aucune
Que ie ne changaſſe ſoudain,
Pour gaigner vne ſimple œillade,
Ou mon cueur repoſe malade,
Et ou giſt ma perte & mon gain.
O belle amoureuſe eſtincelle,
O gentille eſtoille iumelle
Qui me fais viure bienheureus,
Soleil de mes yeus où ſ'allume,
Le dous penſer qui me conſume
Le cueur doucement malheureus.
Comme voſtre lumiere ſainɛte
Rend toute autre lumiere eſtainte,
Ainſi tout ſoudain la langueur
S'enfuit deuant voſtre preſance,
Et rien que voſtre remenbrance,
Rien qu'amour ne loge en mon cueur.

Toute autre allegreſſe quelconques
Tout autre plaiſir qui fut onques
Au cueur d'vn amant fortuné,
Ne vaut pas la moindre etincelle,
Que i'ay de la drillante eſtoille,
Ou volle l'amour empenné,
Mais pource qu'encor' vous n'eſtes
Digne de deus tant beaus planettes,
Il faut mon cueur, que vous veillez
A confirmer voſtre puiſſance,
Pour l'egaler à l'eſperance,
Et au beau feu dont vous brulez.

CHANSON 4.
En forme de Villanelle.

SI voſtre amour me contante
   Autant que fait la beauté,
Touſiours mon ame conſtante
Gardera ſa fermeté,
Mais s'on me traite en rigueur,
Ie ne ſuis plus ſeruiteur.
Bien qu'vn or creſpé iauniſſe,
Voſtre front & que ces yeus
Meritent bien le ſeruice
Du plus grand de tous les dieus.
Si ne ſuiſ-ie ſeruiteur.

Quand on me traite en rigueur.
Ie sçay bien que mille & mille
Voudroint mourir seulement,
Pour voir l'estoille gentille,
Qui m'aueugle en mon torment,
Mais s'on me traite &c.

Ces yeus, ce front, ceste face,
Ce beau port & ce maintien,
Ce parler & ceste grace
Vraiment le meritent bien:
Mais son me &c.

Ie sçay qne vous estes belle,
Mais pour cette cruauté,
Encontre moy trop cruelle,
Ie quitte vostre beauté,
Ie ne suis plus seruiteur.
Si lon me traite en rigueur.

Si i'auois quelque esperance,
Aumoins qu'apres long seiour,
Ie trouuerois allegance
I'entretiendrois mon amour
Ie ne suis plus &c.

Mais quand vn sot de ieune homme
Appaté d'vn bel espoir,
Son tout son ame vous nomme
Vous luy manquez de vouloir,
Ie ne suis plus &c.

Si voſtre amour ſuppoſée
 Quelqu'vn de frais entretient,
 L'autre vous ſert de riſée,
 Et plus ne vous en ſouuient,
 Ie ne ſuis plus, &c.

Auſſi d'vne longue ruſe
 Vous affinés voʒ amans
 Et pendant que l'vn s'abuſe
 L'autre ne perd que ſon tams.
 Ie ne ſuis plus &c.

L'amour n'eſt iamais entiere,
 Qui faict faute d'vn coſté,
 Si vous voulés eſtre fiere,
 Que vous ſert ceſte beauté?
 Ie ne ſuis plus &c.

Ie ne veus pas portant dire
 Qu'il faille eſtre douce à tous
 Ie ſcay bien qu'il faut conduire
 L'amour en l'aigre & le dous
 Ie ne ſuis plus &c.

Mais connoiſſant le merite
 D'vn qui vous va pourſuiuant
 Et puis rompre ſa porſuite
 Pour prandre vn autre ſeruant
 N'eſt-ce traiter en rigueur
Voſtre premier ſeruiteur.

LIVRE DES ECLOGVES
DE CLAVDE TVRRIN
Dijonnois.

IANETTE.

ECLOGVE PREMIERE.

LES PARLEVRS.

FRANCIN ET CLAVDIN.

IE diray deus bergers bien connus des
    boscages,
Biē connu des foreſts, & des Antres
ſauuages,
To⁹ deus grãs cōpaignōs, & tous deus amoureus
Et tous deus à la fin en amour malheureus.
  Francin ſonneur de fleutte, Et Claudin de
    Muſette,
L'vn amy de Clemence. Et l'autre de Ianette.
Ce Claudin ſans eſpoir viuoit paſſionné,
Il eſtoit iuſqu'à tout en amour obſtiné,

Francin mieus auiſé, plus gentil & plus ſage
Sçauoit bien deguiſer ſon amoureus courage
Il aimoit bien pourtant mais Claudin ne ſçauoit
Si bieu tenir au cueur la douceur qu'il connoit
Au matin quand le coq les eſtoilles ſalue,
Et le ſoir quãd les beufs viennent de la charrue
En hyuer en eſté à plain iour à minuit,
Quand d'vn coſté du ciel la pouſiniere luit.
Claudin deſeſperè deſſus ſa chalemie
Faiſoit dire à l'ennuy les beautés de ſ'amie
Tout confit de triſteſſe, & tout paſle d'ennuy
Il n'auoit bien ſouuent que l'amour auec luy.
Ses brebis ſ'egaroint, & couché ſur le vantre
Il paſſoit bien ſouuent la nuit deſſous vn antre,
Ce n'eſtoit pas en vain: Car ceſte Ianetton
Auoit le teinct douillet, & plus blanc que coton
Sa vois eſtoit de miel, & ſon trait de viſage
Sembloit plº doux à voir q̃ creſme & q̃ formage
Son col eſtoit du laict dans la forme caillé,
Et ſa ioue vn beau pré tout de fleur emaillé,
Sa taile belle & grãde, & plº droitte qu'vn ſaule
Reſſembloit à Fœbé qui porte ſur l'epaule
Vne echarpe d'argent, ſes beaus cheueus retors,
Et ſes leures montroïët des amours ſur les bors,
Les villages d'autour n'auoient point ſa pareille
Elle luiſoit auſſi comme l'aube vermeille
En ſortant de la nuict, ou comme le printams

Reluit quand il reuient apres le mauuais tams.

Claudin pour ses beautés auoit l'ame eperdue,
Il mouroit, & l'amour ainsi qu'vne sançue
Luy beuoit tout le sang, Claudin poure berger,
Comme les autres font tu m'aimois de leger,
Tu n'ardois en aymant d'vne flame moienne
Pour prendre sa iartiere, & luy bailler la tienne
Pour prendre son bouquet & luy bailler le tien
Pour toucher quelquefois l'oreille de son chien,
Pour auoir vn taftas, quand la peste commence,
Pour la mener dancer au milieu de la dance,
Tu aymois pour mourir, pour te ietter à bas
De quelque grand rocher tu n'auois ny soulas,
Ny remede quelconque! il est vrai que la belle
Feignoit bien quelque fois de n'estre pas rebelle
Elle l'estoit pourtant, & sa feinte douceur
Te faisoit plus de mal que n'eut fait sa rigueur,

Or vn iour ces bergers vn peu dessoꝰ Plōbieres
Cōduisoint leurs troupeaus auecque les bergeres
Francin menoit au pré des vaches, & des veaus
Claudin son cōpagnō n'auoit que trois aigneaus
Deus cheures, & vn bouc, qui venoit à decroi-
        ftre,
Et s'amaigrir à l'œil d'vn tel mal q̃ son maistre.
L E G R A M D *menoit aussi par la paistre ses*
        beufs,
L E G R A N D *Docte berger biē cōnu de toꝰ deus,*

Quand il touchoit le vãt des fleuttes ineguales,
Il paſſoit en douceur les chanſons des Cigalles,
Auſſi toſt qu'il les vit, il fit ſigne du doigt
A Frãcin, pour hucher Claudin, qui ſe perdoit,
Luymeſme il ſ'eſcria, Compaignon ie vous prie
Mettes deſſous les pieds toute melancholie
Dittes quelque beau chant on ne vous peut oſter
L'honneur que vous aués acquis de bien chãter,
Si Pan l'Arcadien vne cheure veut prandre,
L'vn de vous deus aura ſon cheureau le plus
    tandre,
Icy l'herbette eſt drue, & l'ombrage auſſi frais
Des coudres abaiſſez que des grandes foretʒ,
Le ſoleil eſt ardant à voir ceſte iournée
L'Autonne eſt raieuny au beau mois de l'année.
Sil vous plaiſt de chanter aupres de ce ruiceau
Voz chanſons paſſeront le murmure de l'eau.
Claudin dira Ianette, & Francin ſa Clemence.
Celuy qui dira mieus aura de recompance
Pour donner à ſa Dame, & ce peigne de buis,
Et mon flagol, qui prand le vant de ſept pertuis.
FR. Ie cõmenceray donc au nom de ma bergere
Au ſainct nom de Palés, de Pan & de Ceres,
Apres inuoqueray la Nimfe paſſagiere.
Diane à l'arc dargent qui garde les foretʒ.
CL. Il me faut cõmencer au nom de ma Ianette,
Ie ne puis cõmencer qu'au nom que i'aime tant,

Si ie t'inuoque apres, o Vierge Dianette,
Et toy gentil Phœbus ne te fache pourtant,

Fr. *Sourdes sont les foretz, sourdes sout les montai-*
gnes,
Les Nymfes d'alëtour s'endormët par les bois,
Ie voudrois que ce vät, qui rase les cäpagnes,
Portast iusqu'à Clemëce & mon cueur, & ma
vois.

Cl. *Le Dieu de noz foretz, qui a tout le visage*
Peinturé de safran & de meure noircy.
Quand on chante à midy despite son courage,
Mais si Ianne m'oioit de luy ie n'ay soucy.

Fr. *Quand ie vois ce bouquin qui möte sur tes che-*
ures,
Les yeux m'enflët d'amour, & le cueur me fait
mal,
Ie voudroy bië mourir, ou reprädre les fieures
Pour baiser tout vn iour ces leures de coral.

Cl. *Satyres pié-fourchus vous sautés d'allegresse,*
Quand vous pouuez toucher des Nymfes les
genous,
Si i'auois vn baiser qui vint de ma maitresse,
Ie serois plus contant & plus heureus que vous

Fr. *Celle là que ie sers a le nom de Clemence,*
Son visage est bien dous & bië dous est son nom.
Plus douce elle seroit si i'auois recompance
Et ie la nommerois de quelque beau surnom.

CL. *Celle qui tient chez soy mon ame langoureuse,*
Pour qui ie suis contant de viure malheureus,
Est belle, debonnaire, & douce & gratieuse,
Mais l'amour est cruel qui vole dans ses yeus.

FR. *Son œil est plus luisant qu'vn glaçõ & qu'vn*
verre,
Son front tant bien poly ressemble le croissant,
Amour est dedans l'œil qui me meine la guerre,
La peur est sur le front qui me va menaçant.

CL. *Son œil reluit ainsi qu'vne perle bien nette,*
Qu'vne belle coquille au riuage de mer,
Amour est la dedans qui tout le iour m'aguette,
Pour me prendre en ses lacz, & pour me faire
aimer.

FR. *Pl⁹ farouche elle m'est qu'vne ieune poulaine*
Ie serois bien heureus sur tous les pastoreaus,
S'amour piquoit son cueur d'vne epingle cer-
taine,
Cõme ie vois ce Tan qui mouche mes taureaus,

CL. *Petits freres asseZ beaux enfans de Dione,*
Qui aueZ tout le cors rougi de vermillon,
LaisseZ vn de vos traits au cueur de ma mi-
gnonne,
Comme vne mouche à miel laisse son eguillon.

FR. *I'ay parlé mille fois auecque des sorcieres,*
I'ay mis dessus mõ chef de l'herbe de saint Ian,
I'ay fait des poins couplez, i'ay mangé des fou-

geres,

Mais i'ay toufiours la peau plus iaune que faf-
fran.

CL. Ie l'ay voulu fouir, & ie l'ay rencontrée
Le iour & le moment que fa beauté me prie,
Ie penfois me guerir en changant de contrée,
Mais changant de côtrée on ne châge d'efprit.

FR. I'aime de tout mô cueur & veus eftre fidelle
A feruir en tout lieu, Madame par amour,
I'eus ce bien l'autre iour de parler auec elle
Et f'elle me promit de me faire vn bon tour.

CL. I'aime bien Ianette, & pource qu'elle eft belle
Et pource qu'elle m'aime, en partant de ce lieu
Ie la vis foupirer, a Dieu (ce me dift elle)
A Dieu mon cher Claudin, iufqu'au reuoir
a Dieu.

FR. Diane aime les cerfs, les leuriers, & la chaffe:
Le bouq le cheurefeuil, les abeilles le Thin,
L'oifeleur prend plaifir à tendre vne tirace,
Ie prends plaifir, Maitreffe, à baifer ton tetin.

CL. Venus aime le mirth, Pallas aime l'oliue
Phœbus le laurier verd, Cybelle l'aubepin,
I'aime mieus de fon nom la belle fleur naïfue,
Qu'vn mirthe, qu'vn laurier, qu'vne oliue, &
qu'vn pin.

FR. Ie luy dônay naguer' vn panier fait d'eclifſes
Affin que mon prefent fut d'elle mieus prifé,

I'y mis vn quarteron de groſſes ecreuices
En portant mon preſent ie fus d'elle baiſé.

CL. I'accheptay ſabmedi vn pair de Colombelles,
Ie pris deus etourneaux, & deus merles au gl⁹,
Ie luy vins apporter auecque des grucelles,
Mais ſa mere me dit qu'elle n'en prẽdroit plus.

FR. Ie me ſuis mis au pié bien auant vne epine,
En ſuiuant vn belier qui m'eſtoit echappé,
Pour aſſeurer mon mal i'ay pris d'vne racine
Mais ie ne puis guerir l'amour qui m'a frappé.

CL. Iane quãd vous ſuiures quelque mere egarée
Au trauers des halliers n'allez pas les pieds
    nuds,
Vous n'auriez ſeulement la plante dechirée,
Vous rougiriez la roſe ainſi que fit Venus.

FR. Pourquoy ne ſuis-ie plus celuy qui te pour-
    meine
Le ſoir par les forets, dis moy que t'ai-ie faict?
Ie mevis l'autre iour dãs l'eau d'vne fontaine,
Et certes il m'a ſemblé que ie ne ſuis pas laid.

CL. O belle au beau regard, ò pucelle de marbre,
Et pourquoy maintenant ſuis-ie deſeſtimé?
De pitié que ie fais ie flechirois vn arbre,
Ie n'ay de rien failly ſi ie n'ay trop aimé,

FR. O plus belle à mes yeux qu'vne verte cam-
    paigne,
Que l'aube au point du iour, qu'vn beau ſoleil

d'eſté,

Et plus ie veus t'aimer & plus tu me dedaigne,

En congnoiſſant ma foy tu m'vſes de fierté.

CL. Iannette mon ſoucy, mon cueur & ma penſée

Plus ſoifue que miel plus amere que fiel,

Plus belle qu'vn œillet, plus tendre que roſée,

Pource que ie n'ay rien ton bel œil m'eſt cruel.

FR. Si tu me connoiſſois tu ferois plus d'eſtime

De moy que tu ne fais, bien que ie ſois bouuier,

Ie ſçay bien agançer des parolles en rime,

Et ma flutte vaut bien la flutte d'vn cheurier.

CL. Ne me dedaigne pas deus Princeſſes de fráce

Et PEROT & Bellot, ont fait cas de mes vers,

Ie ne ſuis ſi petit Iannette que tu panſe,

Ie feray peu à peu croiſtre mes lauriers vers:

FR. Et pourquoy me fuis-tu? encor, que tu t'ab-

ſente,

Touſiours de ton regard ie ſuis accompagné,

Quelque part ou ie vais tõ bel œil me tormĕte,

Las! ie mourray bien toſt, ſi ie ſuis dedaigné.

CL. Las! que deuiendras-tu ſ'il faut que tu nous

laiſſe?

Iannette en ce tams là que tes yeus ne luiront,

Cõme vn ſoleil ſur moy, ie mourray de detreſſe,

Ou couché dans les bois les loups me mangerõt.

FR. L'eſtomach me faiċt mal, ma couleur deuient

fade,

Quand tes beaus yeus frians me daignent ap-
　　procher,
Ie te prie maintenant donne moy quelque œil-
　　lade,
Qui me tourne en fontaine, ou me change en
　　rocher.

CL. Quand ie viendray grimper deſſus les fo-
　　rets fées,
Et que pour me tuer ie me lancceray bas,
Ie vous ſupply de grace, ò Nymphes biẽ coifées
POVR m'empecher la mort ne me retenez pas.

FR. Chénes coulez le miel de voſtre eſcorce dure,
Beau ſoleil ie te pry' fay le iour de la nuit,
L'hiuer ſoit vn eſté! l'eſté ſoit la froidure,
PVIS qu'auecque le vant ta promeſſe s'enfuit.

CL. Que n'eſperez vous point Amans de vos
　　ſeruices?
Aſſemblez les iumans auecque ce mouton,
Aſſemblez les lions auecque les geniſſes,
PVISQVE Dafnis berger epouſe Ianeton.

FR. Croiſſez petits lauriers, croiſſez d'vn ſecret
　　aage,
En croiſſant auec vous mes amours s'acroitrõt
I'apprends ſoir & matin vn roſſignol en cage,
Qui dira les ennuis que deus beaus yeus me
　　font,

CL. Fauoriſez les voix ma Iannette eſt menée,

Pour epouſe à Daphnis, affin de ne louir
Enfans iettez des nois & dittes Hymenee,
Mon cueur qu'elle detient ne ſe peut reſiouir,
FR. Cependant que le vant emporte mon haleine,
Ie ne deuien Claudin plus ſage ny plus ſain,
L'amour qui nous affolle eſt vne beauté vaine,
Et la beauté flettrit du ſoir au lendemain.
CL. Ie ne ſçay quel mal c'eſt, mais touſiours ma
     Iannette,
Sera dedans mes yeus, ie l'aimeray touſiours
I'ay pour elle le front ſemé de violette,
Auſſi veuſ-ie garder mes premieres amours.

LE GRAND, Bien dous eſt le pinſon, bien dous
     eſt le ramage,
Que degoiſe au matin vn roſſignol ſauuagé,
C'eſt plaiſir que d'ouir les ſatyres ialous,
Se plaindre & ſe douloir de l'amour cōme vous,
Mais c'eſt plus grand plaiſir douir voz chalu-
     melles,
Qui paſſent en douceur les yeus des paſtorelles,
Francin aura le peigne, & Claudin le flagol,
Que i'ay d'vn ruban verd pēdu dedās mon col.

Claudin prit le flagol, & laiſſant ſa muſette
Il y ſonna depuis & le grand & Iannette.

ECLOGVE 2.

Margot, ou le despité, à l'imitation du troisies-
me Idyllie de Theocrit.

CLAVDIN.

Paissez petits troupeaus paissez desso' l'ōbrage,
Thirsis mō cher amy ie m'en vois au village,
Afin de voir Margot ie te pry' garde bien,
En m'eloignant d'icy que ie ne perde rien.
Laisse aller tout le iour, mes Taureaus par la
plaine,
Meine les sur le soir aupres de la fontaine,
Ie t'aduerty sur tout quād mes cheures paistront
Garde toy de mon bouc, car il cosse du front.
Gratieuse Margot, pourquoy quand ie som-
meille
Ne me viens tu tirer tout doucement l'oreille?
Pourquoy ne viens-tu plus dās cest antre moussu
M'appeller tes amours, te semblai-ie boussu?
Ai-ie le cors malfait? si tu me prands en haine
Ie me veus etrāgler pour te mettre hors de peine.
Marguerite voicy ie t'apporte des nois,
Et des pommes qu'hyer ie cueillis dans ce bois
Sur l'arbre, où tu me dis, las! pournēu que tu
m'aime,
Ie te donray demain du laict & de la cresme,
Ie te donray des fruits que ie garde chez moy,

Voy le mal seulement que i'endure pour toy,
  Que ne suis-ie grillot, ou que ne suis-ie auette,
Affin de bordonner & de bruire en cachette
Dans vn coin de ton antre & me mettre dessous
Lhyerre & le cerfueil qui verdissent chez vous.
I'ay connu maintenant i'ay sceu quelle peut estre
La nature d'amour difficile à connoistre,
C'est vn dieu bien mechant il a sucé le laict
D'vne Ourse, & si iamais Cyprine ne la faict.
Il passe en cruauté les bestes inhumaines,
Le mechant tel qu'il est caché dedãs mes veines,
Me blesse iusqu'à l'os i'ay le visage pers,
Et ia demy bruslé ie retire mes nerfs.
  O belle au sourcy noir, ò plus froide que glace,
Approche toy de moy affin que ie t'embrasse,
Las! que ie baise aumoins ton œil qui me defait,
On trouue au vain baiser , quelque chose qui
    plaist.
  Ie rompray par depit Margot, ceste guirlande,
Que ie fis l'autre iour de thin & de lauande,
De rose & de muguet, & d'vn' herbe qui sant,
La fleur de l'orenger pour t'en faire vn presant.
A chetif que ie suis! A! quest-ce que i'endure?
Tu ne me veus ouir, mais plus fiere & plus dure
Qu'vn ecueil de la mer, tu t'obstine en mon mal,
Ie me depouilleray pour me getter à val
Dans le puis de ches vous, & puis s'on me retire.

I'auray fait pour le moins cela que tu desire.

    Pieça ie l'ay connu pour voir si tu m'aymois
Ie voul⁹ faire vn iour craquer entre mes doigts,
Des fueilles de Pauot ie brulay du l'hyerre,
Qui en bruslant iamais ne sauta contre terre,
La fueille sans craquer flettrit entre mes doigts,
Qui fut signe bien seur, Margot que tu m'aimois,
Mesme vn iour de marché i'allay voir Iaqueline,
Qui auoit à Dijon le bruit d'estre diuine,
Ie fis torner le sas, Iaqueline me dit
Qu'vn garçon de ta rue auoit tout le credit
Que ie t'aimois Margot de toute ma pensée,
Et qu'en fin mon amour seroit recompensée,
Seulement d'vn despit, helas! elle dit vray,
Car ie mourray bien tost du grand depit que i'ay,

    Ie te gardois hier Margot de la ionchée,
Ie te garde auiourd'huy vne belle nichée
De moniaus tout niais, auec vn demyceint,
Il est d'vn satin bleu, qui semble qui soit peint.
La fille à Guillemin Ianne claire brunette
Pour le cuider auoir à toute heure m'aguette,
Et certe' elle l'aura auec tous mes presans,
Puis qu'ainsi tu me fais seruir de passetams.

    Ie cõmence à trébler & l'œil droit me fretille,
Ie la vois ce me semble au chemin de la ville,
Ie me tiendray tout coy, pour voir s'elle fera
Quelque petit semblant quand elle me verra.

Depiteuſe Margot tu m'es donques cõtraire?
Ie n'ay rien dõque en moy qui te puiſſe cõplaire,
Suiſ-ie ſi mal plaiſant,qu'on me doiue fouir,
Et ſ'etouper l'oreille,affin de ne mouir?
Ie le connus hyer tu fis de la retiue,
Quand ie pris vn baiſer,tu mis de ta ſaliue
Trois fois dedans ton ſein,tu ne fis que cracher,
Comme ſi i'euſſe eſté indigne de toucher
Tes leures de coral,& ta bouche effacée
Que i'auois maugré moy dis mille fois ſuccée.
Car ton baiſer m'eſtoit,quand premier ie te fus
Viſiter par malheur plus aigre que verius.

Dis moy dõt viẽt cela,dont viẽt cela pariure?
Ai-ie depuis vn peu changé de ma nature?
M'auroit biẽ q̃lq̃ Dieu fait vn mõſtre nouueau?
Ai-ie pas maintenant le viſage ſi beau?
Ie me vis l'autre iour au fond de ce riuage,
Mais ſur tout ie m'en crois aus filles du village,
Qui m'ont dit mille fois que i'eſtois eſtimé,
Et que i'eſtois vraimãt bien digne d'eſtre aimé,
Mais non ſi ie ſuis laid,tu n'es guere plus belle,
Ton viſage reſſemble à la lune nouuelle,
Alors qu'elle reluit & ta taille Margot,
N'eſt guere diſſemblable à celle d'vn fagot.

Ingrate que tu es tu ne fus iamais digne
De loger en mon cueur,ny d'auoir quelque ſigne
De perfaite amitié ton peu de loyauté,

Ne meritoit faueur non plus que ta beauté.

Quãd tu aurois chez vo⁹ cēt brebis portelaines

Et quãd bien ie n'aurois q̃ deus vaches brehai-

Que tu aurois cēt beufs,et cētvaches ẽcor',(gnes

Et que tes boucs auroient les ergots de fin or,

Si n'as tu poĩt sur moy l'hõneur d'estre pl⁹ riche.

Les biẽs que i'ay aquis ne viẽnẽt poĩt en friche,

Ains tousiours biẽ fleuris ils ne craignẽt les vãs

Les grand's chaleurs de Iuin, ny l'iniure du tãs.

S'il me plaist de chãter ou de ioindre à la miene

Pour me plaindre de toy la fleute d'Oriene

Ic le fais assez bien si ie sors de ce bois,

Ie sçauray bien tenir les oreilles des Rois.

　La beauté se fletrit ainsi que la ramée

Lors que tu veilliras ma belle renommée,

S'epanchera par tout,& l'on me connoitra

Plus vif & plus gaillard,qnãd mõ aage croistra

Comme on voit vn iardin vne plante qui icite

Des surgons par le pié, puis d'vne aage secrette,

S'eleuer tout d'vn coup,et porter des beaus fruis

Il sera faict ainsi à Claudin si ie puis.

Mais non il sera vrai si Claudin est en vie,

Auant qu'il soit dis ans,il domtera l'enuie.

Bergers coronnez luy de veruaine le front,

Et les mechans propos iamais ne luy nuiront.

Fin des Eclogues.

LIVRE DES ODES DE
CLAVDE TVRRIN
Dijonnois.
SVR LA NAISSANCE
du petit Prince de Piemont.

ODE PREMIERE.

QVAND *la Marguerite diuine*
Fut au point de l'enfantement,
Et que desia Iunon Lucine,
Veilloit à son deliurement,
Le Dieu de l'onde Hesperienne
Par trois fois en signe d'honneur,
Esbranla sa teste ancienne
Pour prandre augure du bon heur,
De l'vne des mains il troussoit
De ionc sa moustache herissée,
Et de l'autre à bonds il verçoit
Les flos d'vne cruche percée
Au bruit qu'il fait en se leuant
Les Nymphes rompent leurs carolles,
Et toutes luy vont au deuant

Pour boire ces bonnes parolles.
    A!dit-il heureuse iournée
A!iour fatalement heureus!
Qui rameine la destinée,
Que iadis iurerent les dieus.
Disoit lors Themis la deesse
Quand vne fleur enfantera,
Apres vne longue detresse
Tout l'honneur du monde naistra!

    Ce que les dieus ont destiné,
Tost ou tard est ineuitable.
Apres vn long siecle tourné
Mon destin c'est fait veritable.
Enfant, ò bien heureus enfant,
Ie te vois desia sur ma riue
Couuert d'vn laurier triomphant
Trainer vne bande captiue

    Comme tributaires ie domte
Tous les fleuues que ie reçois,
Il faut que ta dextre surmonte
L'Itale mise sous les lois,
Apres que tu seras fait Prince
Et de l'Itale & des cantons,
Tu ne feras qu'vne prouince
Depuis Thule iusqu'aus Bretons.

    Comme on voit alors que le vant
Fait cresper les plis de mon onde,

Vn flot apres l'autre ſuiuant
Mener vne vague profonde,
Et touſiours menaçant les bords
Peu à peu eſtandre ſa courſe,
A la fin ſe getter dehors,
Quand plus anflé ie me courtouce,
   Apres vne longue menace,
Et mille combats faits en vain,
Tu ruras de pareille audace,
En terre l'orgueil Affricain,
Auſſi toſt la force Payenne
Iettera les armes à bas,
Que ta grand' crois Sauoiſienne
Les voudra donner au treſpas.

   Le cueur genereus que tu tiens
Pour eſtre venu d'vn tel pere,
Et la vertu que tu retiens
Comme heritage de ta mere,
Et l'heur qui t'eſt predeſtiné
Fauoriſer tant ton empriſe
La force & la vertu aquiſe
Font vn Prince bien fortuné.

   Deſia le Tygre d'Armenie,
Et ce vieillard de l'Heleſpont,
Et les fleuues de l'Ionie
Pour toy reuerance me font
I'entreuois la mer Erytrée,

Et ce grand Nil Aegiptian.
Suiuant ta depouille sacrée
Laisser son serpent demy-chien.
　Mais helas, il n'est pas permis
De vanter les choses secrettes,
Bien que l'honneur qui t'est promis
Serre mes entrailles profetes
Nimphes, commencez seulement,
Commencez l'ordre de la dance,
Ce iour soit le commencement
De nostre meilleure esperance.

　Si ceste fureur qui m'affolle,
Et le cours du ciel enuieus
Ne trompe ma begue parolle,
Dieu te gard enfant bienheureus
Tu ennobliras ma contrée,
Desia sous ton regne ie vois
Rire le beau siecle d'Astrée,
Qui reuiendra à ceste fois,

　Quand le pere de la nature,
Atant le Dieu-fleuue se teut,
D'vn tonnerre gauche receut
Le tesmoignage de l'Augure.
Les Nimphes qui tournent en rond
Les plis d'vne longue entre-suite
Par trois fois coronnent le front
A l'image de Marguerite.

A CHRESTIENNE DE BAIS-
sey, Damoiselle de Saillant.

ODE DEVXIEME.

IAmais vne vertu diuine
Ne peult demeurer orfeline
Du loyer qu'elle a merité,
Si quelqu'vn retient son salaire,
Apres elle ne tarde guere
D'auoir de soy mesme emprunté.

Ou bien d'autant plus genereuse,
S'armant d'vne esle vigoureuse
Qui plus vitte que le penser
L'eleue au lieu de sa naissance,
Elle treuue la recompense
Qui la deuoit recompenser.

N'agueres qu'aupres de Parnasse
Ramenant l'enchanteur de Thrace
Au bruit de ton luth rauissant,
Tu tirois la pleine oreillee,
Ta vertu fut recompensée
Par l'honneur d'vn riche present.

Alors tu commençois à dire,
Haussant les fredons de ta lyre
Iusqu'à l'architecte des cieux,
Le tour & l'egale ordonnance,

Qui

Qui d'vne eternelle cadance
Pirouette les petits feus,
　　Et d'vne vertu plus secrette,
Mariant ta bouche proféte
Auecque l'ame de tes vers,
Tu nous dechifrois des Idées,
Des demons des ames æslées,
Et de l'esprit de l'vniuers,
Tu disois qu'auant toute chose,
Ce grand tout, qui de tout dispose
Effondrant le sein de Caos
Qui dedans sa masse brutale,
Tenoit sa puissance inegale
Des quatre Elemens enclos:
　　Ayant fait coiser cette guerre,
Au milieu balançant la terre,
Qu'il fit tout alentour rouler
Le rond d'vne large ceinture,
Qui au centre de sa closture
Tient l'eau, le feu la terre, & l'air,
　　Encore d'vn dessein plus braue,
Asseurant ta parole graue
Dessus toi-mesme, tu chantois
D'ou vient cette force muette,
Qui si finement nous allaite
Quand elle nous pique vne fois,
　　Tu disois que ce Dieu qui tonne,
　　　　　　　　　　　　M

A son ieune chantre la donne
Et à ses filles seulement,
Et puis qu'Apollon nous inspire
Ce feu qui les hommes attire,
Ainsi que la chene d'aimant.

Ainsi desia toute rauie
De cette doucette follie,
Dessus le ciel tu discourois:
Quand vne sereine my-nue
Nouant pres de la riue herbue,
Vint pour entrerompre ta vois.

Cette chanteresse effrontée
Afillant sa langue affetée
Commença soudain à chanter,
Babillant en l'air ces parolles,
De ces amourettes friuoles
Qu'vn enfant nous vient enfanter.

Ell' disoit la fable ancienne
De la fille Cererienne,
Et comme Pluton l'enleua
Outre du filz de Citherée,
Et comme la terre percée
Beant largement se creua.

La chanson si tost n'est finie
Dedans l'er vague euanouie,
Quand tissant vn autre chanson,
Tu dis (lui montrant son audace)

Ainſi la Titanine race,
Des dieus echellant la maiſon.

   Quand l'entrepriſe audacieuſe,
Arma la bande ſurieuſe
De ces ſerpen-pies terrenez,
Et que ce malheureus Tyfée,
Honoroit deſia ſon trofée
Des dieus lachement priſonnez.

   Ceſte canaille outrecuidée,
Ne craignant la pointe dardée
Par le cercle euouté des cieus,
Ia ſe prometant la victoire,
Penſoit eleuer à ſa gloire
Sus Oſſe les armes des dieus.

   Pour auoir mis Bacchus en routte,
Encelade penſoit ſans doute
Donter auſsi bien ſous ſa main,
Ce grand pere des dieus le maitre,
Et bien toſt luy faire connoiſtre
L'effort de ſon bras inhumain.

   L'vn hochant la lourde tempeſte
D'vn rocher coronne la teſte
Du viel Olympe de ce mont,
L'autre branlant vn tronc humide
Afronte, ô Pallas! ton Egide,
Et le cabaſſet de ton front,
   Gyge d'vne forçe terrible

                    M ij

Dreſſe contre les dieus horrible
Le fais dangereus de cent bras,
Myme d'autre coſté, s'auance
Et bien roide courbé s'elance
Aus plus grands feus de ces combats.

    Briare heriſſant les crinieres
De cent perruques ſerpentieres,
Et branlant au poin vn rocher
Aus rangs plus epais bouleuerſe
Ce foudre pierreus qui renuerſe
Celuy qui ſ'en oſe approcher.

    La terre à ce fais gemiſſante,
Enhardit ſa trope haletante
Aus flots emeus de cet aſſaut,
Sous ceſte ieuneſſe orgueilleuſe,
Fremit la plage ſourcilleuſe,
Et ſon double appui qui defaut.

    Mais comme noſtre outrecuidance,
Ne peut rien contre la puiſſance
De ce braue Saturnien,
Toſt apres connut ceſte trope,
Que peut le cheual qui gallope
Armé du trait Olimpien.

    Le fiel ecumant de ton ire
Encelade ne peut rien nuire
Contre le bouclier de Pallas,
Ny tous ces valeureus gendarmes,

Ne peuuent rien contre les armes
Du Dieu, qui les atterre à bas,
  Bien tost le braue filz de Rhée,
S'oppose à l'audace enferrée
De ces grands peuples mutinez,
Courbant sa poitrine chenue
Il romt le plus cler d'vne nue,
Lachant deus brandons encrinez.

  Et quoy (dit-il) l'humaine race,
Prent elle encore telle audace
Que de s'eleuer contre moy?
Faut-il ores que ie brandisse,
Cet eclair vengeur, qui punisse
Ce troupeau ia pasle d'efroy?

  Ces mots acheuez il se dresse
Puis haussant sa main vengeresse,
Et courbant à moitié le sein,
Il guigne droit dessus la teste
De Myme, & desia sa tempeste
Vague par l'air, hors de sa main.

  A peine son œil les aguette,
Que ce feu meurtrier pirouete
Dessus le chef de ces Geans,
Les vns amenuisez en poudre,
Auisent bien tard, que le foudre
Tempeste les chams Flegreans.

  Ainsi ie vois desia deffaire,

Ton entreprise temeraire,
Par celuy qui te chatira,
Il te sçaura ton loyer rendre,
D'oser follement entreprendre,
Qui mieus de nous deus chantera.

　　Encor ne cessoit ta parolle,
Quand ceste mariniere folle
Voiant Apollon sus le bord,
Sentit sa mi-vierge nature
Se changer en autre figure,
Et ia defaillir son effort,

　　Pour bien temoigner ta follie
Ie te veux deguiser en pie
Afin que desormais (dit il)
Tu n'agasse plus cette bande,
(Dessus laquelle ie commande(
Par les aguets de ton babil,

　　Puis rongnant vn bout de son æsle,
Pour vne memoire immortelle
(Sainte Nymphe de tes beaux vers,
Ces belles plumes il me donne,
Afin que, ton prestre, ie sonne
Tes louanges par l'vniuers.

　　De l'vne à la Thebaine mode
I'ay courbé les plis de ceste ode,
Que ie presente à ta grandeur:
De l'autre quelque fois i'espere

Tracer les vertus de ton frere
Sous le gage de sa fureur.

TRADVCTION DE QVEL-
QVES ODES D'ANACREON,

DE SA LIRE.
ODE 3.

IE voudrois volontiers vanter,
Et Cadme, & les enfans d'Atrèe,
Mais ma lire ne peut chanter
Que mon amour demesurée.
De fait, ie voulus l'autre iour
Changer, & de corde, & de lire,
Mais ma lire parloit d'amour,
Lors que ie commençois à dire
Les trauaux d'Hercule & ses faits,
Adieu donc, Princes pour iamais,
Puis que ma lire desormais
Rien que les amours ne veut bruire.

A SA COLOMBE.
ODE 4.

D'Où viens tu, colombe amoureuse,
Où vas tu maintenant vollant?
D'où prens-tu l'odeur sauoureuse,

Que tu vas par l'ær diſtillant,
LA COL. Qui es tu? qu'en as tu affaire?
Anacreon m'enuoye faire
Vn beau meſſage à ſon Bathil,
A Bathil ſon mignon gentil
Qui ſ'eſt faict le Seigneur & maiſtre,
De tous ceus qui l oſent connoiſtre.
L'autre iour la belle Cithere
Me vendit pour cinq ou ſis vers,
Du depuis touſiours ie le ſers
Comme tu vois de meſſagere.
N'aguere il dit qu'il me donroit
Bien toſt ma liberté premiere,
Mais de moy, quand il me lairroit
Ie veus demeurer priſonniere
Que me ſeruiroit de voler
Par les montaignes & d'aller
Sur vn cheſne, ou dans vn bocage
Manger quelque viande ſauuage?
Ie mange maintenant du pain,
Que ie derobe de ſa main,
Quand mon maiſtre a beu quelque peu.
Il me donne à boire en ſa couppe.
Puis ie m'en vais quand i'ay bien beu,
Dancer au milieu de la troupe,
I'eſpans l'vn & l'autre aſleron,
Deſſus mon maiſtre Anacreon.

Ie m'endors la nuit pres de luy,
Et me couche deſſus ſa lire.
Mais adieu tu m'as fait tout dire,
Va ten tu ſçais tout auiourd'huy
Ton babil m'a fait plus iaʒarde
Qu'vne corneille babillarde.

DE SOYMESME.

ODE 5.

ON dit qu'eſtant hors de ceruelle,
Et faiſant par tout vn grand bruit
Attis demy-maſle ſ'enfuit
Apres ſa maitreſſe Cybelle.
Ceus Phœbus, qui ſe ſont plongés,
Pres de la riue Clarienne,
Dans ta parlereſſe fontaine
Hurlent par tout comme enragés
Mais moy remply de bon vin vieus,
Et d'eau de ſenteur pretieuſe,
Et ſoulé de mon amoureuſe.
Ie veus deuenir furieus.

DE L'AMOVR.

ODE 6,

A! Ie veus maintenant aimer.
Amour tachoit de m'enflamer
L'autre iour, mais mon imprudence

Ne fit cas de sa remonstrance,
De despit prenant l'arc soudain,
Et sa trousse d'or en la main,
Au combat tout seul il m'appelle,
Ie prens en main vne rondelle,
De l'autre ie prens vn long bois,
Et couurant mon cors d'vn harnois,
Comme Achile plain de vaillance.
Tout seul au combat ie m'auance,
Il tiroit & i'altois fuyant,
Mais en fin amour se voiant
Du tout desarmé de sagette.
Dessur moy luymesme il se gette
Comme vn trait tout plain de fureur
Maintenant il ronge mon cueur,
Que ma'il seruy d'aller querre
Vn bouclier pour couurir mon cors?
Que sert il de m'armer dehors,
S'au dedans il me fait la guerre?

ODE 7.

Lors que Bacchus entre ches moy,
Ie fais endormir mes tristesses,
Il me semble auoir les richesses
Que l'on treuue en la court d'vn Roy,
Ie ne demande qu'à chanter,
Et me coronant de lierre,
Me coucher tout plat contre terre,

Et dans mon cueur me contenter,
Qui voudra preigne vn corcelet,
Sus page afin que ie m'enyure,
Fais moy bailler mon goubelet,
Il faut bien mieus se coucher yure,
Que dormir sans iamais reuiure.

GDE 8.

C'Est vn deplaisir bien facheus,
Quand on vit sans estre amoureus,
C'est vne peine bien facheuse,
Quand la personne est amoureuse,
Mais le deplaisir le plus grand
C'est n'auoir point ce qu'on pretand,
Et qu'en aimant la iouissance
S'eloigne de nostre esperance,
Le sang ne fait rien en amours,
Les bonnes meurs souffrent tousiours,
On met sous le pié la sagesse,
Pour regarder à la richesse.
Puisse mechamment trespasser
Qui premier la fit amasser.
Pour cela le pere n'est pere,
Pour cela le frere u'est frere.
Les guerres se font pour cela,
Et les meurtres viennent de là,
Qui pis est pour nostre auarice,
L'amant meurt en faisant seruice.

ODES,
DE PLATON, ODETTE.

HE mon estoille! pleut aus dieus
  Qu'alors que tu regarde aus ciens
Baller & l'vne & l'autre estoille
I'eusse incontinent le pouuoir
D'estre le ciel afin de voir
Auecque plus d'yeux mon estoille.

FIN DES ODES.

SONETS ITALIENS.
SONET I.

FEbo si giamai per hauer' eletto
  Il iuo bel regno, con maluahgià sortè,
Io m'auaiżżai de le Muse accorte
Hora di gratia dami l'intelletto.
Non vedi o sdegno! quel' poeta schietto
A mano a mano se far' tuo consorte,
Ecco gia il lauro & le rime forte
Gli fanno al cielo diffogare il petto,
Ma non sta Febo, non veni pur' meco,
Tu non postresti parlar' bergamasco
Sta dunque Febo, basta d'un' ragażżo
E se giaistesso per non desperarse,
O per vendetta non vuol' impicarse,
Il boia presto gli sara da dosso.

SONET 2.

QVeſto ſuperbo, è ſcioccho Rhodomonte,
   Qui fatto altiero nondimeno paue,
Copriſce indarno con parolle braue
L'alma pauroſa e l'orgoglioſa fronte.
I dico coſtui non ha le man' promte
   Il qual ſeruiendo vuol' far' le ſue proue,
Indarno indarno, bieſtemando Gioue,
Giace Tiſæo ſottopoſto al monte.
Qualunque ſià, giamai quel ſcrittore.
   Non hebbe ſaldo, ne gentile il cuore.
Auzi haurà ſempre nome di forfante.
Miſero, perche non pigli' l'ardire,
   Da gentilhuomo l'iniuria ſeguire,
Et già ſol te co mi metto da parte.

    Voy la verſion de ce ſonet. Ce braue
Rhodomont. Sonet 64.

SONET 3.

DEh! ſperanza mia, non habbiate hormai
   A ſchiffo e ſdegno i miei caldi ſoſpiri,
Voi ſola l'alma empieſte di deſiri
Pur' il mio male non s'aquetta mai
I'amo Donna ſempre, e ſempre amai
   Quel voſtri beglocchi oue amor s'aggiri
Et per ſottrarme a ſi dolci martiri
Non vorrei ſcampar' la vita giamai.

Dunque si per la nemica mia sorte
Il tempo non é giunto de la morte,
Perdonate donna hormai al core stanco,
O vero s'amor crudo el mior destino
Inanzi al tempo fammi venir meno,
Stracçiate donna l'amorosa incarco.
　　Voy la version de ce sonet. Dea mon
　　petit cueur.　Sonet 22.

SONET A SON IMPER-
FAITE PAR ALLIANCE.

Belle douce, gentille, amoureuse imperfaicte
Ne me dedaignés pas si i'aime vos beaus yeus,
Si ie semble en cecy par trop audacieus
L'amour excusera la faute que i'ay faite.
Belle douce gentile imperfaicte perfaicte,
S'en aimant vos beautés ie ne suis amoureus
Pardŏnés moy de grace, vn aspet malheureus,
Ne me permet encor' qu'vn tel bĩe ie souhaite.
Ceus qui vous semblerŏt plus dignes de faueurs,
Pour auoir supporté vos honnestes rigueurs.
Baiserŏt quelquefois vostre bouche vermeille,
Mais moy puis qu'en aimant ie n'oserois aimer,
Tant seulement ie veus vos graces estimer,
Et mordre en follatrãt le bout de vostre oreille.

F I N.

L'IMPRIMEVR AV LECTEVR.

A Fin que tu connoisses, lecteur, qui t'a fait
ce plaisir de te mettre ce liure en lumiere, ie te veux aduertir qne tu en sache gré à
Maurice Priuey secretaire de Monsieur des
Arches Maistre des Requestes du Roy, & à
François d'Amboise Parisien qui peut estre
c'est assez connu par ses œuures. Sans l'vn
la copie de ce liure presque enseuely souz si-
lence ne fut pas tõbée entre nos mains, sans
l'autre qui y a recorrigé auant l'impression
plusieurs choses tant pour le sens que pour le
vers, tu n'eusses pas eu ces vers si corrects: car
l'autheur preuenu de la mort auoit laissé quel
ques bubes parmy le beau corps de ce liure.
Adieu

www.ingramcontent.com/pod-product-compliance
Lightning Source LLC
Chambersburg PA
CBHW051825020726
47502CB00005B/1629